DESNOVELO

Renata Fiorenzano Marques

DESNOVELO

3ª reimpressão

Copyright © 2022 Renata Fiorenzano Marques
Desnovelo © Editora Reformatório

Editor
Marcelo Nocelli

Revisão
Natália Souza

Design e editoração eletrônica
Negrito Produção Editorial

Dados Internacionais de Catalogação na Publicação (CIP)
Bibliotecária Juliana Farias Motta (CRB 7/5880)

Marques, Renata Fiorenzano
    Desnovelo / Renata Fiorenzano Marques. -- . São Paulo: Reformatório, 2022.
    208 p.: 14 x 21 cm

    ISBN 978-65-88091-68-5

    1. Romance brasileiro. I. Título.

M357d   CDD B869.3

Índices para catálogo sistemático:
1. Romance brasileiro

Todos os direitos desta edição reservados à:

EDITORA REFORMATÓRIO
www.reformatorio.com.br

Para Júlia, com afeto

Não sei o que fazer do que vivi, tenho medo dessa desorganização profunda. Não confio no que me aconteceu. Aconteceu-me alguma coisa que eu, pelo fato de não a saber como viver, vivi uma outra?

CLARICE LISPECTOR, *A paixão segundo G.H.*

Vários meses se passaram desde o momento em que comecei essa narrativa, em novembro. Levei bastante tempo para conseguir escrever porque não era nada fácil lançar luz sobre fatos esquecidos, talvez fosse mais simples inventar.

ANNIE ERNAUX, *O lugar*

I.

Sei que é fácil prever o futuro em retrospectiva, quando se olha para o passado com a arrogância própria de quem está adiante e se diz: viu só? Você não deveria ter agido assim. Ou: agora você entende? Não, eu não entendo nada. Não entendia à época da descoberta, e quase nada mudou até aqui. Não consigo entender as escolhas que meus pais fizeram. Por que decidir esconder de uma filha as origens dela? Por que privar uma criança das suas verdades, das histórias que a antecederam, que fazem dela quem ela é? Nem nos meus sonhos mais descabidos eu imaginaria uma fábula que envolvesse tanta gente disposta a esconder tão bravamente uma mentira que procriou, cresceu e cresceu, como uma avalanche que carrega tudo o que está à frente. Que destrói. Uma única mentira se transformou em várias e continua a se modificar. Uma mentira que nunca deixará de ser uma mentira — ainda que minha mãe tivesse acreditado nela como algo real. Uma mentira nunca é solitária: ela exige companhia. Quem mente uma vez mente duas, três. Foi assim, ao longo de todos esses anos, que minha vida se transformou em um novelo às avessas, um desnovelo que quanto mais se desenrolava mais enrolado ficava, a ponto de ser impossível encontrar o fim, o começo, qualquer uma de suas pontas.

Errei, acertei, reuni certezas muito próprias com o passar do tempo. Das poucas que tenho, a que carrego com alguma reverência é a de ser injusto criticar uma decisão tomada no passado aqui deste lugar distante, o futuro — e que apenas neste exatíssimo momento pode ser chamado de presente. O que passou já foi. De que adianta lastimar ausências, faltas? Para que reclamar que meus pais esconderam a adoção de mim por tanto tempo, se para eles isso era simplesmente uma reconstrução da verdade? Não está mais do que claro que eles não teriam dito nada até hoje se eu não tivesse cavoucado o passado? Para que tentar buscar, em vão, meus pais biológicos, se foram eles que escolheram a distância? Ou não foram? Havia outra possibilidade que não fosse a de meus pais biológicos terem me doado e meus pais — adotivos — terem me recebido? E se tivesse sido de outro jeito? E se, uma vírgula. Não existe *e se*. Existe o fato, o concreto. E o fato é que fui me moldando uma pessoa cheia de lacunas, buracos que não vão se completar com o passar dos anos, e que não se completarão nunca, por mais que eu pergunte, investigue ou passe o resto da vida à procura de rastros. Por mais que eu descubra pistas ínfimas da minha origem.

Tudo o que acontece na vida imediatamente vira passado — e eu passei. Um passado mais imediato, mas, ainda assim, um passado. O presente é tão veloz quanto o ponteiro do relógio que leva um segundo para mudar de casa e, quando vai, não volta jamais. Não para. Ele ainda vai passar por ali muitas vezes, de novo e de novo, porque está preso à caixa que o contém, mas já não será mais o mesmo segundo da mesma hora do mesmo dia. Como ele, sei que também estou dando voltas, passando pelos mesmos lugares tantas e tantas vezes, girando dentro de mim, remoendo-me internamente, esquadrinhando esses meus 38 anos de vida. Trinta e oito. E só agora percebo que o presente não existe. O presente é um gerúndio em transformação de pretéritos: primeiro simples, depois imperfeito e só então mais-que--perfeito. Eu fui, eu era, eu fora. O passado é mais que perfeito, é perfeitíssimo porque está na memória da gente. E a gente só se lembra do que quer se lembrar.

É confortável pensar na memória como um recorte, uma escolha: guardo o que quero guardar e jogo fora as aparas que não me interessam. Não foi assim que sempre se fez na minha família?

Poucos meses depois que descobri o que havia para descobrir, notei que há tempos meu inconsciente sabia que em mim havia algo gigantesco para remexer, como quando a gente arruma a mala para uma viagem e é perseguida pela sensação de esquecimento, de que algo está faltando, e anda pela casa em busca do nada, do desconhecido, do que não é lembrável. Como se eu tivesse passado vinte e três anos sufocada por essa sombra que carregava a verdade, só que a escondia de mim. Vivi a dúvida, sabendo que havia algo, mas o quê? De fato, compreendi uma porção de coisas depois de saber que tinha sido adotada.

No meu *eu* mais profundo eu sabia, desde sempre talvez, e lerda, ou ingênua, ou jovem demais, ou uma mistura de tudo, não percebia aviso algum. Mamãe costumava dizer quando eu procurava por algo que estava bem perto de mim: "se fosse um bicho, te mordia". E ria. Ríamos juntas. A mesma mãe que me sequestrou a verdade durante esses vinte e três anos — a única mãe que eu conheci e amei. Eu me atracava com as justificativas mais estapafúrdias, o nariz igualzinho ao dela, para garantir a manutenção de uma mentira sobre a qual eu sequer desconfiava, me obrigava a sequer desconfiar, e, por isso mesmo, demorei a descobrir que nunca fui o que sou, ou que sou o que nunca fui.

Hoje, mais atenta, observando aqui deste futuro, vejo como cruzei com avisos que pulavam à minha frente, me veja, me veja, mas eu seguia adiante, como se estivesse com a visão bloqueada por antolhos iguais aos que os cavalos das charretes de Petrópolis usavam até um tempo atrás.

Vivi uma infância tranquila cheia de intranquilidades, vendada pelos antolhos invisíveis que camuflaram a minha origem. Desde jovem, já sentia a presença de brumas estranhas e constantes, sem saber o que elas significavam. Não se tratava apenas do ruço da serra, porque eu era capaz de notar essas brumas mesmo nos meses de verão, quando não havia ruço algum. Quem sabe eu só sentisse um estranhamento. No entanto, um estranhamento pode lhe parecer ordinário se não houver referência do que lhe é estranho. O mundo pode ser uma variação de tons de rosa se a gente não conhece outras cores.

Meu mundo nunca foi cor-de-rosa. Havia incômodos, sem dúvida. Porém, para mim, era aceitável tê-los. A vida era isso: alegrias entre tristezas, e mais alegrias, e mais tristezas. Não é assim até hoje? Era normalíssimo ter duas datas de aniversário, mesmo que isso me tornasse a única pessoa que eu conhecia com data dupla de nascimento. Quando, aos 10 anos, isso se transformou em um motivo de chateação maior, mamãe me contou que minha avó materna também tinha duas datas: 15 de janeiro, o dia do nascimento, e 15 de março, o dia do registro. E eu me contentei com a brevidade da explicação. Mas o meu aniversário era depois do registro. Não era estranho? Nunca me atentei ao detalhe, não antes. Também aceitei passivamente o fato de nós quatro (eu, mamãe, papai e minha irmã, Roberta) sermos tão diferentes uns dos outros, assim como não via problema no fato de meus pais não quererem falar sobre determinados assuntos.

No fundo, ter segredos era banal. Quem não os tinha? Os meus segredos funcionavam como tabus, embora essa palavra também fosse tabu na minha casa. Uma quase-censura. Se eu vim ao mundo em tempos de ditadura militar, era aceitável que certos temas sofressem alguma reprimenda no território familiar. Eu captava nuances do que me parecia proibido, tentava entender o que havia de ruim e punha o item numa lista mental de "coisas que chateiam meus pais". Era tão trivial como separar o que se pode fazer do que não se pode fazer. Duas listas. Eu pouco falava e, se notasse que uma situação poderia desagradar ao meu pai ou à minha mãe, me aquietava em meus pensamentos. A distância de seis anos entre mim e minha irmã fez com que parecêssemos filhas únicas dos mesmos pais. Eu não dividia com ela as minhas dúvidas, mesmo no tempo em que a gente ainda se dava bem (nunca soube ao certo se ela chegou a desconfiar que nós pudéssemos ter sido adotadas). Eu refletia sozinha sobre o que havia para refletir, tirava minhas conclusões e pronto, assunto encerrado e enviado para a gaveta mental correspondente. Saía pulando, correndo, dançando pelo quintal de casa porque, acima de tudo, fui uma criança feliz.

Por isso digo que parece tão simples olhar para todo esse passado preenchido por fotografias, agendas, cadernos, correspondências e memórias, e sentenciar que eu precisava ter descoberto antes o que levei mais de duas décadas para começar a questionar meus pais — e a mim mesma. Hoje, sim, eu enxergo essa obviedade. Hoje eu quase posso tocar nessa obviedade, mas não naquela época. Minha vida era como um quebra-cabeças em que as peças, embora afastadas, delineavam os encaixes, e eu, perto demais dos pedacinhos de papelão, não os via ou não imaginava a figura que o jogo formaria quando estivesse pronto. Meus antolhos invisíveis.

Sou o avesso da Roberta — física, psicológica e emocionalmente. Mamãe, contudo, ficava possessa se alguém comentasse nossas diferenças. Era um assunto que fazia parte da lista do que não podia ser dito, porque se fosse dito e repetido poderia ser questionado. Nossas diferenças eram um tabu, o maior deles, talvez. Não se podia brincar, fazer graça ou debocho com relação às nossas disparidades. Não se podia sequer sussurrar. Eu não sussurrei. Apenas aceitei e convivi com uma irmã que no fim da infância passou a ser uma estranha. De início, tentei gostar dela, me aproximar. Éramos irmãs, afinal. Eu tentei ser irmã, depois vi que era desnecessário. Como sempre, fiz o que eu podia fazer. O que você não podia, mãe, era ter me privado do direito à escolha. Não podia ter me deixado viver tanto tempo enrodilhada em um labirinto, paralisada, desfazendo e refazendo o novelo, num desespero para tentar encontrar a ponta. Nunca pronunciei essas palavras enquanto você estava entre nós, mãe, nunca fui a adolescente que dizia "eu te odeio" depois de os pais terem lhe negado algo, mas quando eu finalmente descobri a verdade sobre a adoção, por um instante eu te odiei, mãe.

2.

Ela estava de marias-chiquinhas no cabelo, já meio bagunçadas depois de ter passado o dia na escola. Fazia o percurso até o ponto de encontro em um passo saltitante pelo estacionamento, como fazem as meninas de oito anos. A cada pulo, a mochila voava de um lado para o outro nas costas, como uma rede de balanço. Eu olhava para ela de dentro do carro, na fila organizada pelo segurança da escola. Havia uns cinco ou seis carros na minha frente e eu sabia que minha filha ainda não tinha me visto. Minha miopezinha, pensei, esboçando um sorriso no rosto. Como eu gostaria que Manuela tivesse conhecido a minha mãe.

Quando faltava apenas um carro para a minha vez, Manuela, que depois de saltitar tinha cruzado as pernas para se sentar no chão, abriu um sorriso, levantou-se de súbito, pegou a mochila largada no canto e correu para junto da auxiliar que organizava o comboio dos pais.

"Mami, tenho um montão de novidades pra te contar", disse, cheia de entusiasmo ao entrar no carro.

"Oi, filha, que animação boa!", dei-lhe um beijo rápido para não atrapalhar a fila.

"É porque vai ter o dia das avós na escola. A professora disse que a gente vai trazer as nossas avós e mostrar tudo pra elas, tudinho: a nossa sala, onde a gente come, onde troca de roupa pra aula de dança, a sala de ginástica, o pátio... E no final vai ter um lanche coletivo e todas as avós vão poder se conhecer e ficar amigas!"

"É, Manu? Que demais! A gente precisa ligar pra vovó pra convidar ela..."

"É, a gente pode ligar agora? A gente pode? A vovó Eney vai amar essa novidade, não vai? Pena que a vovó Leninha não tá mais aqui pra participar. Qual era o bolo preferido da vovó?"

A fala da Manuela saía apressada, bem no ritmo da alegria que corria em seu corpo. Sempre foi uma criança falante, e ficava ainda mais quando estava feliz.

"De laranja, filha", mal consegui responder, senti um engasgo, um nó apertando a garganta.

"Então vou falar pra vovó Eney pra gente levar um bolo de laranja pra festa, em homenagem à minha vó Leninha. Assim vou poder contar coisas das minhas duas avós. O bolo é porque a gente precisa levar um doce pro lanche. Os meninos têm que levar salgado. Achei bem mais legal levar doce, não é, mami? Amanhã, vou avisar a professora que vou levar o bolo preferido da vovó Leninha e que quem vai comigo é minha avó Eney. E vou soletrar o nome das duas, pra ela não escrever errado no cartaz."

Manuela não percebeu a lágrima que escorreu pela lateral dos meus óculos e que eu tratei de limpar rapidamente. Afinal, é por repetição que a gente aprende a mentir, omitir e esconder as coisas dos filhos, e eu tinha uma família exemplar nesses aspectos.

"Você já percebeu que o nome das minhas duas avós se escreve com E, mami? Eney e Elena. Minha amiga, a Lelê, vai levar as duas avós. Avisei a professora que eu não posso", Manuela pronunciou as últimas palavras em um tom mais baixo, como se para evitar que eu ficasse chateada pela falta que minha mãe me faz. Será que ela também estava fazendo uma lista mental das coisas que ela não podia falar para mim?

Minha mãe morreu há doze anos. Quando Manuela nasceu, quase nove anos atrás, eu já estava morando e trabalhando em São Paulo, e quem veio me ajudar nos primeiros dias em casa foi minha madrinha. Tia Lenita sempre foi como uma mãe para mim. Manuela era uma bebê boazinha que fazia o que se esperava que fizesse: mamava, dormia, fazia xixi e cocô, dormia, mamava, tudo de novo. Nos intervalos, chorava um pouco. Bem pouco. Fred, meu marido, tirou férias logo que nossa filha nasceu. Deu os primeiros vinte e nove banhos da vida da Manuela. Eu recuava: e se deixá-la cair? Se ela engolir água? Como vou ensaboar, enxaguar e segurar um bebê ao mesmo tempo? A água não tá quente demais? Não tá fria? No trigésimo dia, um antes de ele retomar a rotina de trabalho, precisei enfrentar o banho e os meus medos. Coloquei a bebê na água, ensaboei, enxaguei e tirei da banheira a criança cheirosinha — e viva. Até hoje não sei se o que senti foi apreensão ou se foi uma saudade exponencial da minha mãe. Como teria sido meu primeiro banho? Na cabeça dela, imagino, devo ter tido dois primeiros banhos: um antes, onde quer que eu estivesse, o que obviamente não valeu, e um depois, com ela, dado por ela, na minha nova-vida-dali-por-diante. Meus pais jogaram fora tudo o que aconteceu no meu antes.

    Ao contrário de mim, Manuela soube desde muito pequena que eu tinha sido adotada. Ela nem sabia ler quando, em um dos nossos passeios favoritos à livraria, encontrei um livro infantil que falava sobre adoção. As primeiras páginas mostravam ilustrações de um bebê e dois pais, um bebê e duas mães, um bebê e um pai e uma mãe, um bebê e só uma mãe, um bebê e só um pai, mais jovem, mais velho, de raças diferentes, tudo bem colorido, didático e com uma fala comum a todos, como num grande coral: Bebê, você precisa de muito amor e amor é o que nós temos de sobra para te dar. Meus pais sempre tiveram amor de sobra para me dar — é inegável. Chorei, comprei, li comigo mesma. Li repetidas vezes para Manuela. Numa tarde, enquanto arrumávamos os livrinhos dela na estante do quarto, perguntei se ela sabia que eu não tinha nascido da barriga da vovó Leninha. Na maior naturalidade, Manu me respondeu: "Claro, mamãe, é a historinha que tá no seu livro." O meu livro.

    Eu era a bebê do livro.

Casa 1

Da primeira casa, não tenho memória. Não sei se era limpa ou suja, se grande ou pequena, se a parede era branca, cinza ou azul. Não sei que cheiro tinha. Não tenho sequer um resquício de memória recontada, aquele tipo de recordação que você não lembra por si, você não consegue se ver no cenário específico do acontecimento, mesmo porque você mal se lembra do acontecimento. A memória recontada é como uma cola que lhe passaram na prova: alguém lhe diz que você vivenciou uma situação, descreve os detalhes, aos quais você incorpora outros com o decorrer do tempo, e então você passa a achar que se lembra do que viveu, mas efetivamente a memória não está em nenhuma das gavetas empoeiradas do seu subconsciente. Ela se torna parte de camadas muito mais superficiais das suas lembranças, embora, a depender dos detalhes anexados às histórias, possa até parecer vinda de memórias profundas. São histórias emprestadas de gente que esteve lá com você: nós estivemos aqui e fizemos isso e aquilo juntos. O aprendizado de uma recordação. Será que mamãe alguma vez se imaginou grávida de mim? Da minha primeira casa, não tenho de quem resgatar memórias. Não tenho pessoa. Não tenho foto, nem registro, nem documento. Não tenho endereço. Talvez nem tenha sido propriamente uma casa para mim, e sim um limbo, um lugar onde eu existi até que meus pais fossem me buscar.

3.

Tenho pesadelos recorrentes. Sempre tive pesadelos que me perseguiam por um tempo variável: às vezes semanas, às vezes meses, depois cessavam; apenas um me acompanhou por anos a fio. Eu era pequena, tinha sete anos. Posso garantir que foi nessa idade porque eu havia acabado de me mudar para o apartamento onde meu pai mora até hoje. Vivi parte da infância atormentada por uma perseguição que só terminava com os despertares. Ao acordar para um novo dia.

Caminho pelos jardins do Museu Imperial na companhia de outras pessoas, crianças e adultos dos quais não me lembro bem. Estou tranquila, brinco, corro um pouco, paro, me agacho diante de um montinho de terra e o ajeito de modo a parecer um bolo de aniversário. Procuro galhos pequenos que possam servir de velas. O dia é agradável, a temperatura é amena, como são os dias de primavera na serra fluminense. Me viro para observar o cenário como se desconfiasse estar sendo observada e, sempre depois de reparar em alguma peculiaridade na mata — as pétalas de uma flor se abrindo, uma folha desbotada caída no chão ou um cogumelo nascendo no tronco da árvore —, eu a vejo com boa nitidez.

A cobra. Não a imagem corriqueira do animal enrolado em si, como um carretel de linha, e sim uma cabeça triangular gigantesca, fora de proporções. Primeiro o que vejo é essa cabeça, quase da minha altura, e seus olhos mínimos a me encarar. Um bicho de fazer medo. Ao meu redor, tudo deserto. As pessoas que estavam no jardim somem num repente, e eu grito. Não lembro o quê. Apenas grito, e começo a correr. A cobra vem logo atrás, imagino suas presas sorrindo para mim, mas eu não olho. Minha sorte é que conheço todas as curvas daquele jardim labiríntico e, num misto de tensão e aventura, tento chegar às escadas para me abrigar no museu. Não olho para trás porque não preciso, sei que ela está lá, cumprindo seu papel de vir me pegar. Só então grito: mamãe, mamãe, mas mamãe não vem. Onde está você, mamãe? Estou quase alcançando as escadas de pedra no fim do jardim. O sol está quente, mas não sinto seus raios tocarem a minha pele enquanto corro entre as árvores. Cadê você, mamãe? Falta pouco, eu antevejo. Mais algumas passadas e conseguirei escapar, é o que penso. No entanto, um buraco se abre no solo e eu caio no abismo que se forma ali. Não sei se a cobra cai junto, porque é nesse momento que eu acordo. Sempre. O miolo do sonho muda a cada noite, às vezes mais esmiuçado, ou menos, talvez com mais de uma cobra a me perseguir. Havia variações, porém a cobra, a corrida, o abismo estavam lá em todas. Nunca me lembrava bem dos detalhes, e jamais tomei notas. Assim era o pesadelo que por mais tempo me atormentou.

Um dia, no começo da adolescência, aquele sonho deu lugar a outro. Depois a outro, um breve intervalo e a outro. Foram tantos que de muitos me esqueci.

O mais recente é o da onda.
Estou em uma praia de tombo. Pareço feliz. Aprecio a paisagem do mar aberto, as ondas fortes explodindo na areia. Não sinto medo. Há outras pessoas, a maioria distante. Algumas caminham pelas dunas, ainda vão demorar até chegar ao topo de onde se veem as ondas. Não sei como sei disso, mas sei. Nunca faço esse percurso, quando me dou conta do sonho eu já estou sentada no topo da duna. Observo as manobras de um surfista ao longe e imagino a profundidade do mar ali onde ele está. É uma praia oceânica, a vida marinha deve ser bela lá embaixo. Minha breve distração me faz tomar um susto com o barulho da onda que estoura perto de mim e molha meus pés descalços. Sinto a água-ímã me chamar e me levanto. Vou, sem pensar. Mergulho e, quando volto à superfície, percebo que estou no meio da arrebentação, me assusto, bato os braços e as pernas, no entanto, não saio do lugar. Vejo um paredão de água se aproximar, mais e mais perto, até que se inclina e, espumoso, cai sobre mim, eu mergulho já com pouco ar nos pulmões, tento subir rápido, e me sufoco, subo, respiro o quanto dá, sou jogada para baixo novamente, desço, desço, e me esforço para voltar. É aterrorizante afundar e não conseguir retornar. Só então noto que estou seca. A mulher que vai e que volta, a mulher que mais cedo ou mais tarde

vai se afogar, não sou eu. Eu a vejo, estou distante, continuo sentada no alto da duna. Observo a cena, a mulher lutando para se salvar das ondas, e sequer olho para os lados, em busca de socorro. Apenas observo com curiosidade.

Eu vejo minha mãe se afogar e nada faço. Bem aí, eu acordo.

Ela passou o Natal com fome, à espera de comida. Não tinha forças nem vontade de se virar sobre o papelão-cama que forrava a calçada de pedras portuguesas. Mordia um chiclete duro que encontrou preso à parede, pouco antes colocara uma formiga esmagada na boca. Era o esforço máximo que conseguia fazer em busca do que comer. Não tinha ideia de que aquele era um dia santo; deduziu que fosse domingo porque as lojas estavam fechadas e nenhum comerciante a enxotara dali até aquela hora. Já devia ser tarde. Estava suja e cansada, o sono e a fome a deixavam ainda mais prostrada. Tomou um susto quando a mulher vestida de freira cutucou suas costas.

"Feliz Natal, minha jovem. Levante-se um pouco para comer..."

"Hoje é Natal?", a Mulher Suja perguntou.

"Sim, minha filha. Jesus Cristo nasceu. E vejo que você, como Maria, também carrega uma vida no seu ventre. De quantos meses você está?"

"Hã?"

"A sua gravidez, minha jovem. Você está grávida de quantos meses?"

"Grávida? Tô não."

A Freira ajudou a Mulher Suja a se sentar recostada na porta de aço da loja. Tirou a tampa do pote e logo o cheiro bom do arroz com feijão, frango e legumes cozidos tomou conta da calçada. A Mulher Suja abriu um sorriso e perguntou se podia comer.

"Sim, claro, é pra você."

Assim que terminou, a Freira propôs levá-la ao abrigo, dizendo com suavidade na voz que era bem provável que a barriga espichada fosse, sim, resultado de uma gravidez em andamento. A Mulher Suja aceitou ir com ela, pensando que havia uns meses que vinha se sentindo mais pesada, mais cansada, e isso poderia não ser só a dificuldade de viver sem teto.

As duas entraram no carro dirigido por outra mulher, também vestida de freira. No banco da frente havia mais sacolas com potes de comida.

"Irmã, eu continuarei o nosso trabalho depois, mas antes preciso levar esta jovem até o abrigo que fica ao lado da Santa Casa."

Em silêncio, as três seguiram para a Santa Casa de Misericórdia da cidade. A Freira ficou o tempo todo ao lado da Mulher Suja, agora mais limpa por causa da higiene feita no hospital. O diagnóstico foi o esperado: gravidez de trinta e sete ou trinta e oito semanas. O bebê poderia nascer a qualquer momento. As duas seguiram a pé até o abrigo para pessoas em situação de rua.

Mais falante, a Mulher Suja disse que não sabia quem era o pai, que ela tinha vinte e poucos anos, não se lembrava com exatidão, e que morava na rua desde que ficara órfã em um acidente de ônibus, outros tantos anos antes. Nada em sua fala tinha precisão.

"Minha filha, quem sabe esse bebê vai lhe dar forças para você ajeitar sua vida, arrumar uma casa, um trabalho."

"Vou não, senhora. Pra onde que eu vou? Vou pro abrigo hoje, mas depois eles enche a cabeça da gente, fica dizendo que tem que fazer isso e aquilo. Não gosto não, vou embora. Com criança, como vai ser? Nem irmão eu tive. Não sei cuidar de criança, não."

"Você já pensou em deixar esse bebê para outra família criar?" "Olha, minha filha, se você aceitar, eu posso te ajudar. Mas você tem que me prometer que vai ficar no abrigo até o bebê nascer, viu? Depois, a gente encontra uma família boa e carinhosa pra adotar o seu filho. O que você acha?"

"Hum, não acho ruim, não..."

A Freira ia quase todos os dias visitar a Mulher Suja, que agora estava limpa e bem alimentada no abrigo. Tinha outra aparência. E, dias depois, sentiu as dores do parto. Uma assistente do abrigo ajudou, arrumou toalhas e água quente. Confortou a grávida ao dizer que, pela experiência dela, aquele não seria um parto demorado. O bebê logo daria as caras. Menos de quatro horas depois, a assistente social se corrigiu: "A bebê! É uma menina linda e saudável".

No dia seguinte, a ex-Mulher Suja entregou a criança embalada em uma manta que a Freira tinha providenciado. Ficou ainda alguns dias no abrigo e nunca mais voltou.

"Alô, dona Elena? Tenho aqui uma anotação de que a senhora e seu marido estão em busca de um bebê recém-nascido. Eu tenho uma menina, a senhora ainda quer?", a freira perguntou, por telefone, para minha mãe.

"Essa é uma entre as tantas histórias que eu já imaginei para o meu nascimento", eu disse à minha terapeuta.

4.

Eu me chamo Renata. Ganhei este nome, minha mãe me contou, por insistência da minha irmã Roberta. Era o nome das bonequinhas dela. Havia repetidas Renatas de nomes compostos: Renata Joana, Renata Cristina. Tinha até uma Renata Patrícia, uma perversidade de nomes descombinados. Com dias de vida, não sei dizer exatamente quantos, virei Renata. Renata Maria. *Renata: renascida, ressuscitada, nascida pela segunda vez.*

Nunca soube se cheguei a ser chamada por outro nome no limbo que existiu entre meu nascimento e a adoção. Ou se tive outra mãe, outro pai neste hiato. Uma gestação que, parece óbvio, não foi planejada. Será que sou fruto de um estupro? Será que fui filha de um calhorda que abandonou a companheira — de uma única noite ou de anos de convívio, tanto faz — assim que teve a notícia da gravidez? Posso ter sido tanta coisa. Já cheguei a pensar que posso ser filha e neta ao mesmo tempo. Quantos pais não violentam suas filhas?

Não sei se saí do hospital direto para um orfanato ou uma casa de acolhida que recebia os recém-nascidos sem família. Se é que nasci em hospital. Do meu nascimento, não sei nada até hoje. Nasci na rua, no meio do mato, em um barraco ou em um centro cirúrgico? Dentro de uma ambulância? Posso ter sido dessas crianças que nascem a caminho da maternidade, dentro de um carro de um desconhecido que teve a infelicidade de se deparar com uma mulher em trabalho de parto no meio da rua. Será que tenho irmãs e irmãos espalhados pelo mundo? Uma gêmea, como nas histórias cafonas típicas das novelas: uma réplica de mim que aparece serelepe no último capítulo, uma personagem que todos os telespectadores já conheciam menos eu, com imagem em câmera lenta e música faz-chorar de fundo.

Quando paro para pensar nisso, torço por eles — pelos meus irmãos. Que eles tenham tido um pouco da minha sorte de encontrar pais amáveis e generosos, que fizeram tanto por mim e para mim que foi até demais. E, mais que tudo, torço para que eles tenham conhecido os caminhos que percorreram antes de chegar aonde chegaram, que tenham lhe contado os detalhes de como vieram ao mundo, o dia, o horário, quem eram seus pais. Que tenham tido excesso de amor, como também de sinceridade.

Tudo o que sei, e descobri faz quinze anos, é que no começo de 1975 eu cheguei para fazer parte dessa família que já tinha um pai, uma mãe e uma filha. Minha mãe já era mãe, mas foi só comigo que ela pôde, enfim, carregar o sotaque fluminense e dizer no plural: minhas filhas. Fico feliz porque, diferentemente de mim, ao menos meu nome tem uma origem. Cheguei em Petrópolis e renasci. Renatei.

5.

Fibrose cística, anemia falciforme, doença de Batten, doença de Huntington, síndrome de Marfan, hemocromatose, deficiência de alfa-1 antitripsina, distrofia muscular de Duchenne, síndrome do x frágil, hemofilia A, fenilcetonúria. Nunca tinha ouvido falar de metade dessas doenças até anotá-las no caderno de investigações que encontrei no fundo do armário. Sua capa era uma colagem de imagens de filmes da década de 1990, alguns um pouco mais antigos, *E.T.* e *Casablanca*. Usei seis páginas para anotar mais de cem enfermidades que são como carimbos genéticos. E isso era a ínfima parte da lista: eu descobrira que a medicina havia identificado perto de seis mil doenças hereditárias monogênicas, também chamadas de mendelianas — e eu sem saber de onde vinham minhas ervilhas.

Hipertensão arterial, miopia, doença de Alzheimer, diabetes, obesidade, alguns tipos de câncer. Pelo menos, o câncer de ovário, que foi o que principiou a morte da minha mãe, não se reproduzirá em outra mulher. Talvez um tipo igual, mas não o mesmo. É estranho pensar que mamãe não deixou herdeiros genéticos. Será que a Biológica também teve câncer? Será que ela está viva em algum lugar do planeta? Honestamente, pensar que ela está viva não me comove nem um pouco. Pensar que está morta, muito menos. Seria muita coincidência morrer de um câncer de ovário hereditário exatamente igual ao que ajudou a matar a minha mãe. Uma espécie de hereditariedade por osmose.

No canto de uma das páginas do caderno, destaquei as doenças cardiovasculares, como infarto e acidente vascular cerebral, que têm uma carga genética mais forte, e sublinhei a palavra forte. Naquele momento, veio à minha lembrança o tremendo desespero ao, de repente, perder todo o histórico familiar. Os asteriscos que anotei diziam que se o infeliz herdeiro se exercitasse regularmente, se alimentasse bem e torcesse muito, os fatores ambientais e os hábitos saudáveis se sobressairiam ao que veio carimbado no DNA. Circulei diversas vezes a sigla DNA, como se eu estivesse com fúria.

Me diverti ao reler porque não me lembrava dos escritos nesse caderno, apesar de já ter falado das pesquisas com a terapeuta. Até então eu não sabia de quase nada, tinha apenas a confirmação de que sim, eu tinha sido adotada. O caderno — que encontrei quando arrumava as caixas para minha décima mudança de casa — guardava as lembranças dessa temporada difícil, confusa. Estava decidida a encontrar as minhas dores. Não sabia quais eram, só que elas estavam lá. Tinha um medo real provocado pela falta de um histórico familiar de doenças.

Senti raiva, uma raiva imensa, como se eu fosse o marido traído pelos meus pais que haviam escondido por uma vida o caso de mim. Vinte e três anos eram boa parte de uma vida, afinal. Mais de duas décadas, quase um quarto de século. E se eu tivesse morrido jovem, morreria sem saber da adoção, morreria acreditando numa mentira que, alegava-se, serviu para me proteger do preconceito, do *bullying* na escola. A mim, parecia uma desculpa esfarrapada. Havia ali uma página com título em letras garrafais: MOTIVOS. Curiosamente, a página estava em branco. Eu não queria elencar as razões mais plausíveis pelas quais eles decidiram omitir de mim e da Roberta a realidade da adoção — e eu ainda desconfiei por um tempo de que ela soubesse da verdade e fizesse parte da trama (desconfio até hoje). Eu queria ouvir deles os motivos, queria que eles me dissessem o porquê de tantas mentiras. A única coisa que saiu, tardiamente, foi a desculpa esfarrapada de "para sua proteção". Para minha proteção, o melhor seria a verdade por mais nua e crua que fosse.

Foi nessa época que fiz um levantamento extenso sobre doenças hereditárias e em que corpos elas habitam — pesquisa sem auxílio da internet, vale dizer. Como se fosse uma reportagem sobre as minhas origens: nas horas de folga, ligava para fontes médicas, e fontes das minhas fontes médicas, e tentava elucidar as minhas dúvidas. Um estudo dizia que oitenta por cento da população mundial teria manifestações de males genéticos até o fim da vida. Era pá-pum: se pai ou mãe tiveram, cem por cento de certeza que os filhos terão. Curioso como uma notícia que, em geral, chocaria quem a lesse trouxe alívio para mim. Não tenho como saber se faço parte desses outros vinte por cento que milagrosamente se livram ao acaso dos seus genes malvados, como o Mister

Magoo que sempre escapava de ser atropelado ou de cair num buraco por um triz. Será que os Biológicos tinham sido abençoados por genes bonzinhos e os repassaram a mim? O que estava escrito no meu DNA?

Alergia é uma das poucas doenças hereditárias que *cultivo*. Ou que sei que *cultivo*. Veio não sei de quem, e veio danada: alergia a camarão, a frutos do mar, ao corante amarelo de medicamentos, a amoxicilina e a tantas outras coisas que vou descobrindo. Minha miopia, estacionada em quatro graus, é herança deles, dos Biológicos. Quando soube que tinha sido adotada, eu olhava uma mulher ou um homem mais velho na rua e pensava: "é míope, será que é meu pai? Será que é minha mãe?". Meus pais só começaram a usar óculos depois dos cinquenta anos, para presbiopia, a boa e velha vista cansada. Se eu tivesse me ligado um pouco mais nas aulas de genética, teria descoberto tudo nas carteiras do colégio. Sei fazer um troço estranho com os dedos. Viro as pontinhas, as falanges distais, simultaneamente. Todas juntas. É um feito totalmente inútil, meio nojento e desagradável. Acreditei que essa disfunção poderia ser eficaz para me ajudar a encontrar os Biológicos. Era só sair por aí perguntando quem consegue fazer esse gesto com as falanges distais, de preferência rápido como eu, como se fossem fantoches papeando no teatro. Foi durante essa pesquisa que descobri algo sensacional. A medicina mapeou o gene Bendy do polegar, o popular polegar do caroneiro, esse sim um atributo de carga genética considerável, que poderia me levar longe na busca pelas minhas origens. Meus polegares quase viram do avesso quando eu faço o sinal de joinha. Um quase ângulo de noventa graus. Com um dedo caroneiro deste, bastava sair por aí procurando meus pares e eliminar aqueles que têm o polegar retão. Meus pais poderiam ser caroneiros ou, no máximo, um deles ser meio-caroneiro, terminologia que desenvolvi quando estava estudando a descoberta, registrada nas páginas do caderno, com direito a desenhos de mãos e polegares infantilizados. Um alelo dominante, outro recessivo ou os dois recessivos. Se me deparasse com uma dupla de alelos dominantes: *fora, vocês não são meus pais!* Ainda assim, aproximadamente sessenta por cento da população mundial poderia ser meu pai ou minha mãe. Enchi o resto da página com rabiscos, regras de três e pontos de exclamação, decretando o fim do que seria uma missão impossível que só me fez perder tempo.

Recentemente, descobri que é possível fazer um exame para detectar genericamente a nossa origem, algo determinado por porcentagens que mostram de onde nossos antepassados vieram. Comprei o exame, que é feito em casa mesmo e depois deve ser devolvido ao laboratório pelos correios, com a promessa de resposta depois de trinta dias. Guardei a caixa do exame junto do caderno de investigações, dentro do guarda-roupas da casa nova. Noutro dia, a Manuela estava brincando de esconde-esconde com a amiga e resolveu se esconder no meu armário.

"Mami, você não vai fazer esse seu exame nunca?", ela me cobrou.

6.

O quarto de Bebel tinha um armário branco embutido na parede, com um espaço no centro para caber a cama. A ideia de embutir a cama no armário, ou vice-versa, era a última moda nos quartos infantis daqueles tempos. Fato é que a cama no meio ficava em posição estratégica para nossa brincadeira preferida: orfanato. Do lado direito, o nosso quarto imaginário, um espaço de não mais que um metro e meio por dois, se muito. Eu, aos dez, e Bebel, aos sete, achávamos o canto pequeno. E perfeito.

O que decorava o lugar era um tapete feito à mão, com tela no avesso preenchida por fios multicoloridos de lã. O desenho de um trenzinho. Os vagões tinham carinhas simpáticas e sorridentes. O tapete era a nossa cama imaginária. Na minha cabeça havia outras meninas, órfãs que dividiam conosco o enorme galpão. Um orfanato nunca é só de duas crianças. Da brincadeira, porém, só nós duas participávamos. Quando a filha de outro casal de amigos dos nossos pais aparecia para brincar, a diversão mudava. Uma trivial casinha. Ou uma brincadeira de comidinha, quem sabe. Orfanato, não. O orfanato era só nosso. Eu não entendia bem o porquê. Bebel é filha biológica do tio Zeca e da tia Ana Maria. Se bem que, àquela época, eu ainda era filha biológica dos meus pais.

A brincadeira era assim: a cama de Bebel era a parede que separava o quarto da madre superiora do galpão em que todas as órfãs dormiam. Havia uma passagem secreta que só nós duas conhecíamos: ao passar por cima da cama, a mágica se dava e nós entrávamos às escondidas no quarto da madre. O que queríamos fazer lá? Quase sempre procurávamos um papel importante guardado a sete chaves. Um faz-de-conta que era um misto de *Indiana Jones* e das histórias de detetive da Agatha Christie.

Claro que faria mais sentido se a passagem secreta fosse por baixo da cama, e nós sabíamos disso. Já havíamos tentado pôr em prática essa alternativa que nos parecia bem mais divertida, mas a tia Ana Maria guardava umas caixas de papelão embaixo do estrado que impediam o acesso. Não sei se por preguiça ou se por medo de levar uma bronca, ou mesmo se por vontade de manter em sigilo a nossa brincadeira, a gente optou por essa versão mais rápida e eficiente.

De orfanato, brincamos inúmeras vezes. A cada brincadeira, acrescentávamos mais detalhes. Uma vez, Bebel sugeriu:

"Vamos fazer de conta que a Sandrinha foi adotada?"

Então, nós duas fingimos espreitar por uma pequeníssima abertura da porta do galpão a conversa da madre com o casal todo arrumado que fantasiávamos ser os futuros pais de Sandrinha. Ajudamos a menina a empacotar os poucos pertences numa sacola velha da Mesbla que encontramos vazia, junto das caixas debaixo da cama, nos despedimos dela e observamos a alegria com que a Sandrinha da nossa imaginação ia encontrar seus novos pais. Tinha a sensação de criar a cena exata que Bebel pressupunha, tão reais e únicos eram os diálogos e as imagens que eu construía na minha cabeça.

Uma noite, ao chegar do jantar para me buscar, mamãe entrou no quarto de Bebel enquanto a brincadeira rolava.

"Se divertiram muito, meninas?"

"Sim", respondi, concentrada em fechar a passagem secreta para que ela não a visse.

"Que bom. Nem fizeram muita bagunça... Do que vocês estão brincando?"

Nos entreolhamos sem saber o que dizer. Na época, eu não me lembro de suspeitar de nada. No entanto, hoje me faço algumas perguntas sobre esse episódio: será que tia Ana Maria e tio Zeca tinham contado para Bebel que eu era adotada? Será que ela soube antes de mim? Será que ela, aos sete anos, propunha a brincadeira com intenção de provocar meu subconsciente?

"De orfanato", respondi com aparente naturalidade.

Como para mim aquela era, de fato, uma brincadeira comum, não observei de maneira atenta a reação da minha mãe. Não guardo nenhuma recordação da cara lívida que ela deve ter feito. Quando um dia mencionei essa história em uma conversa em uma sessão de análise, a terapeuta rebateu:

"Mas se você não desconfiava que tinha sido adotada, então por que você teve receio de responder à sua mãe quando ela perguntou de que vocês brincavam?"

Costumo dizer que se um dia eu tiver que prestar um depoimento na polícia, por qualquer motivo que seja, certamente cairei em contradição. Nunca conto a mesma história do mesmo jeito, me perco nos detalhes, não consigo me lembrar das palavras exatas, da ordem precisa dos fatos. Confundo as coisas. Se minha mãe se sentiu ameaçada ou teve receio de ser desmascarada pela nossa brincadeira de orfanato, a Renata de dez anos de idade foi incapaz de sacar. Hoje, como mãe biológica da Manuela, sofro ao imaginar o que se passou na cabeça da minha mãe. O medo, a dor, a dúvida, um turbilhão. Talvez mamãe tivesse sentido o pavor repentino por uma coisa que só iria acontecer dali a alguns anos, quando eu fizesse a pergunta fatídica à minha madrinha.

Não percebi nada. O que notei é que, depois desse episódio, nunca mais fui brincar na casa de Bebel, apesar de eles terem babá aos sábados à noite e isso sempre ter facilitado os encontros dos adultos.

"Eu não faço a menor ideia", respondi à terapeuta.

Casa 2

A segunda casa em que morei está viva em mim. De verdade. Lembro-me dela com imagens que estão na minha cabeça. A casa do Valparaíso, em Petrópolis. Talvez ela tenha mais a cara de quando meus tios Lenita e Germano foram morar lá, alguns anos depois de nós. Mas consigo visualizar a escada com um piso de ardósia, o gradil com um jardim de lírios amarelos plantados bem à frente, as manchas num tom âmbar que o pólen deixava no piso de cimento. Na sala, logo na entrada, havia um piano (isso era da época da tia Lenita, eu sei, porque era o meu primo quem tocava o piano). Só vivi na casa do Valparaíso até um ano e meio de idade, quando nos mudamos para um apartamento. O jardim era bem cuidado, com uma piscina ao lado, onde caí uma vez, depois de passar por baixo da grade que protegia o entorno. Mamãe, quando me viu batendo os braços prestes a afundar, abriu o portão e mergulhou de roupa e tudo, sem se dar conta de que também não sabia nadar. A profundidade não era muita, mas mamãe era baixinha. Ficou na ponta dos pés, me erguendo com os braços até alcançar a borda, enquanto eu chorava de susto e ela gritava: "Gera, Gera, vem aqui fora!", uma memória recontada tantas e tantas vezes que dela me apropriei. Parece até que me lembro. Essa foi a casa para onde eu fui levada. Minha primeira morada. A casa da família, onde no começo eram três, e então viraram quatro.

7.

As férias da minha infância eram sempre uma farra. Fora uma viagem à Disneylândia quando eu tinha seis anos e uma epopeia para o sul do Brasil, aos oito, a bordo da Belina bege, com as malas acomodadas no teto do carro e os bancos detrás rebaixados para que eu e Roberta viajássemos dormindo em caminhas motorizadas perfeitas, com direito a travesseiros e cobertores, sem a obrigatoriedade dos cintos de segurança, nosso destino principal era o Rio de Janeiro. Por um tempo, aliás, acreditei que o nome da cidade era apenas Rio, como nos referíamos a ela, e que o "de Janeiro" fosse um acréscimo que nossa família fazia devido aos janeiros passados no apartamento de Ipanema.

Minha mãe tirava o mês inteiro de folga na fábrica de roupa para "cama, mesa e banho", a tríade que era seu xodó. Chamava a Cida, sua melhor amiga que virou minha tia de consideração. Às vezes, minhas primas ou uma amiga da minha irmã se juntavam a nós. Lá íamos passar trinta dias acalorados na praia. Meu pai e tio Aldo, marido da tia Cida, desciam a serra aos fins de semana para nos fazer companhia.

Em uma dessas viagens, me lembro bem, Roberta convidou a Liz, minha prima, e uma amiga, a Catarina. As três passaram a serra toda ouvindo uma fita cassete gravada especialmente para a ida, com músicas do Kid Abelha e os Abóboras Selvagens e do Barão Vermelho. E o pior, elas cantavam! Tanta animação tinha motivo: as três haviam comprado ingressos para os shows do dia 15 de janeiro da primeira edição do *Rock in Rio*. Soube da novidade no carro e pedi para ir ao show também.

"Não, Rê, você não pode. O juiz não deixa criança menor de dez anos entrar, nem se a gente for junto."

Roberta respirou aliviada. Não queria uma pirralha atrapalhando o show com as amigas, e meu pai ou minha mãe a tiracolo acompanhando a criança. Por isso, quando mamãe disse que eu não poderia ir, ela olhou pra mim no lado oposto da Belina e fez cara de deboche, com a língua para fora da boca e as mãos abertas, chacoalhando os dedos ao lado das bochechas.

"Ué, mas elas podem ir sozinhas?", provoquei, por pura maldade.

"Elas podem, acima dos catorze anos o Juizado de Menores permite ir sem os pais."

O mundo não era mesmo um lugar justo.

Mentiras sinceras me interessam, me interessam...

Durante a semana, os dias eram de muita diversão, a começar pela prática diária de ioga que tia Cida tentava nos ensinar no chão da sala quase sem móveis. Depois era fila para um banho rápido só para tirar a coíra do corpo e uma breve caminhada rumo ao posto 8. A praia não ficava lotada, a gente convencia a mamãe a dar até dois picolés por cabeça. Uma fartura. Numa tarde, fomos ao cinema. Cine Ipanema, era o nome. Ficava em frente a uma parte bem arborizada do bairro, a Praça Nossa Senhora da Paz. O filme em cartaz era *Annie* e narrava a história de uma menina que morava num orfanato péssimo. Uma das cenas iniciais mostrava a protagonista pendurada na janela do prédio, quase caindo lá de cima. E a velha que cuidava das crianças no orfanato não fazia nada para ajudá-la. Pelo contrário, parecia torcer para que a menina despencasse das alturas. Fiquei com medo e pedi para sair. Mamãe saiu comigo e tia Cida ficou com minha irmã e as amigas. Hoje, pensando em retrospecto, tento me colocar no lugar da minha mãe. A brincadeira, o filme, não me recordo em que ordem... Quanta aflição ela deve ter sentido. Mamãe deve ter escolhido a sessão sem nem ler a sinopse do filme, se tivesse lido que se tratava de adoção, mesmo na ficção, ela teria optado por outro. Já eu, poderia jurar que aos dez anos de idade não desconfiava de nada. Pelo menos não conscientemente.

O fim daquelas férias foi antecipado para logo depois dos nossos aniversários, o da Roberta e o meu, por causa de um telefonema. Mamãe, tia Cida e eu estávamos na porta do apartamento, saindo para a praia, quando ouvimos o toque do aparelho. Minha mãe voltou para atender.

"Leninha, entrou água aqui em casa, a cozinha tá cheia de lama. O sofá molhou todo. Tá tudo estragado, filha..."

"Como assim, mãe? Você e o papai estão bem?"

"Estamos, mas o teu pai tá lá no quintal, com rodo na mão, tentando tirar aquela lama toda. Tô com medo dele pegar aquela doença do xixi de rato..."

"Se acalme, mamãe. Vou esperar o Gera chegar aqui e vou voltar ainda hoje."

Desligou o telefone, rasgou o bilhete que avisava ao meu pai que estávamos entre os postos 8 e 9 e começou a arrumar as coisas para irmos embora. Fui com a tia Cida até a praia, para procurar Roberta e as amigas. Esta é uma cena viva da infância na minha memória: não entendia muito bem o que estava acontecendo, mas parecia grave e tínhamos que encontrar as garotas. Tia Cida de mão dada comigo, andando meio rápido entre as barracas e eu, mais baixinha, percebendo que a gente jogava um tanto de areia nas pessoas que estavam deitadas pegando sol porque algumas olhavam para a gente com cara feia. Minha tia gritava: *Roberta! Liz! Catarina!*, nessa ordem, e o som da voz dela se misturava aos outros, mais costumeiros da praia: *mate-leão e biscoito, aaaaa-bacaxi, san-duí-che-na-tu-ral, Roberta, Liz, Catarina, olha o camarão*. Lembro de ter tido vontade de falar para tia Cida inverter a posição dos nomes, com o intuito de deixar em ordem alfabética. Lembro e rio de mim mesma, desde pequena preocupada com organização. Enfim encontramos Catarina tostando ao sol e Roberta e Liz se banhando no mar. Tia Cida sacudiu os braços para que as duas nos vissem, só que como elas não sabiam do telefonema da minha avó, nem da gravidade da situação, nem que estávamos com aquela pressa toda, responderam ao tchauzinho entre uma onda e outra e lá continuaram. Tia Cida continuaria a gritar: venham aqui, venham aqui, com uma voz esganiçada até que Catarina se dispôs a ir até as meninas para explicar que precisávamos ir embora com urgência. Voltamos sob uma onda de protestos e resmungos.

Nossas malas já estavam na garagem escura e claustrofóbica no subsolo do prédio quando papai chegou de viagem. Nem teve tempo de subir, tomar uma água ou ir ao banheiro; mamãe desandou a contar que tinha acontecido alguma coisa na casa dos pais dela, chuva, enchente, ela falava rápido, talvez chorasse, não dava para entender. No entanto, papai captou o principal: precisávamos retornar para Petrópolis. Catarina ficou com tia Cida, à espera do tio Aldo, que saíra um pouco depois do meu pai.

A volta foi mais silenciosa. Mamãe sintonizou o rádio em uma emissora de Petrópolis, para saber o que se passava na cidade. Roberta, Liz e eu conversávamos meio baixinho no banco de trás.

"Renata, quando mesmo você fez dez anos?"

Na hora, não entendi o motivo da pergunta da minha irmã porque fazia apenas três dias que tínhamos comemorado meu aniversário com bolo, brigadeiro e refrigerante, e com elas felizes pós show no *Rock in Rio*.

"Dã... Tá louca? Você sabe que é 16 de janeiro, ué?!?"

"Mas de verdade verdadeira, que dia é o dia que tá escrito na sua certidão?"

"Ah... Roberta, que boba é você. Você tá cansada de saber que foi um erro do cartório do amigo do papai, ele já explicou isso um milhão de vezes. Tá escrito dia 6, mas na *verdade verdadeira*, é 16."

"Então quer dizer que pro *Juizado de Menores*, o dia oficial do seu aniversário é dia 6 de janeiro?", a Roberta me atiçou com uma cara provocadora. Pronunciou Juizado de Menores como quem separa sílaba e só então percebi a maldade nas palavras. Minha prima Liz, sentada entre nós duas, apertou de leve a perna dela, tentando evitar a confusão que se aproximava. Mas minha irmã não se esquivou: "Quer dizer então que, com dez anos completos, você poderia ter ido ao show com a gente, se a mamãe ou o papai quisessem te acompanhar, quisessem deixar você ir..."

Naquele brevíssimo instante, minha cabeça de criança ficou adulta. Quanta desfaçatez dela lembrar das minhas duas datas de aniversário só na volta para casa, quando não seria mais possível que eu fosse com elas ao show. Chorei, mamãe ralhou a princípio comigo, depois com ela.

"Como você fez isso com a sua irmã? Não percebe que estamos todos nervosos para saber como estão os seus avós? Peça desculpas agora-já", mamãe enfatizou a expressão que mais usava para determinar a urgência das coisas.

"Desculpa", falou de má vontade, como quem diz posto de gasolina.

Aquilo não tinha sido só uma briga, implicância comum entre irmãs. Ali, dentro do carro eu entendi que, para ela, me ver sofrer poderia ser prazeroso. A fraternidade não era isso. Mas, claro, aquele não era elemento forte o suficiente para uma menina de dez anos recém-completados entender que não era irmã da irmã dela.

8.

Sempre que tinha oportunidade, minha terapeuta aproveitava para questionar se na minha infância eu não sentia um fiapo de receio por ser adotada, alegando que diversas pessoas que sempre viveram sob os cuidados dos pais biológicos às vezes reportavam ter essa sensação. Até a conversa com a minha tia, e mesmo durante a conversa, eu nunca havia considerado a adoção como uma possibilidade — não de forma consciente. É bem provável que minha mãe, sim, nutrisse uma desconfiança de que eu sabia de algo, talvez mais motivada pelo peso na consciência do que por razões plausíveis. Mamãe deve ter passado boa parte da vida apavorada com a menor chance de ser desmascarada em seu maior segredo. Eu, não. Aos dez anos, eu poderia jurar que vivia feliz com minha mãe e meu pai biológicos, e que se alguém me chamasse de adotada, retrucaria sem pestanejar: "é a vó!".

Treze anos depois do episódio do cinema, não sei que clique fez meu subconsciente despertar de sonos profundos numa tarde comum de quinta-feira. Eu morava sozinha em São José dos Campos, aos 23 anos, já formada em jornalismo, contratada como produtora de uma redação de TV. Havia deixado para trás a praia no Rio e a proximidade da casa dos meus pais para me jogar de cabeça em uma vida solitária, porém livre, numa cidade do interior de São Paulo da qual nunca tinha ouvido falar. E me adaptei rápido: montei casa, fiz amigos no trabalho. Foi uma época feliz, apesar da saudade. Ligava sempre que possível para meus pais e para minha madrinha que, a esta época, já era viúva. Foi num desses telefonemas corriqueiros, depois de um bate-papo tranquilo, já rumando para o tchau-tia-fique-bem, que veio a pergunta fatídica:

"Tia, eu fui adotada?"

Do nada. O tema não era esse. Tratávamos de assuntos tão banais que nem consigo me recordar do que falávamos. De um filme, de uma novela, de alguma fofoca familiar. Falávamos de coisas prováveis. De onde tirei o improvável? Aparentemente falei sem pensar, tanto que ao ouvir minha própria voz, senti outra assoprar nos meus ouvidos: *o que foi isso agora, Renata?* Mesmo hoje, passados tantos anos, ainda procuro respostas sobre esse repente de curiosidade. Mamãe morreu sem saber o que despertou em mim tal vontade de saber sobre um passado tão bem guardado por mais de duas décadas.

Por que naquele dia, naquele momento, e por que para a minha tia e não para os meus pais? É a isso que chamam de destino?

A resposta que tia Lenita me deu foi quase como num roteiro de cinema, com a carga dramática que o momento exigia. Como se responde a uma pergunta dessas?

Se há uma qualidade que define bem minha madrinha é a sensatez. Jamais tocara nesse assunto comigo, porém, cutucada, ela não se permitiria encobrir uma mentira. No entanto, não revelaria algo que não lhe dissesse respeito. Escondeu por muito tempo a verdade, sim, por respeito à decisão dos meus pais, e pela amizade. Tia Lenita não era apenas cunhada do meu pai, concunhada da minha mãe, era uma grande amiga dos dois. E em nome de todo esse sentimento envolvido, inclusive do amor por mim, não seria ela a portadora daquela verdade. Ao mesmo tempo, minha tia não deitaria a cabeça no travesseiro à noite e dormiria tranquila se respondesse à minha pergunta com uma mentira, se dissesse um simples "de onde você tirou essa ideia, Renatinha?" que teria sustentado a farsa por mais tempo, quem sabe para sempre.

A resposta foi um sim velado, em cima do muro, um sim com uma tendência suicida a pular lá de cima do muro, é bem verdade, mas ainda assim um eufemismo útil para o momento. Era um *sim* sem ser. Era um *sim* sem que eu tivesse ouvido os fonemas do *sim*. Um sim abonaria, aceitaria, estaria de acordo. Um não condenaria, censuraria a questão. A tangente foi um sim tênue que ainda me preservava da verdade.

"Olha, Renatinha, essa é uma conversa que você tem que ter com os seus pais, sabe?"

Não me lembro como demos fim àquela ligação. Como se desliga o telefone depois de ouvir uma frase arrebatadora dessas? Que atitude tomar diante daquele quase-sim que, a depender de meus pais, poderia se transformar em um quase-não? O que eu queria ouvir? Tive uma vontade imensa de ligar para a minha mãe na mesma hora e fazer um escarcéu, no entanto, dessa maneira tudo o que eu conseguiria seria expor a sinceridade velada da tia Lenita. Demonstraria que não sabia ser contrariada, não sabia reagir ao inesperado. Ou seja, que eles estavam certos em omitir as verdades duras porque eu não tinha maturidade para lidar com elas, com as consequências. Sim, eu precisava ir atrás dessa conversa. Sim, precisava da confirmação deles. A minha resposta estava ali, eu sabia. Sim, eu fui adotada. Mas eu precisava ouvir deles. Porque não me faltava apenas a confirmação; me faltava a motivação. Não o que motivou a adoção, porque isso estava claro, eles não podiam ter filhos, e então Roberta também tinha sido adotada, ou eles tinham tido a Roberta e queriam ter um segundo filho, porém algo aconteceu no meio do caminho e a segunda gravidez não foi viável. Não importava. Queria saber o motivo de nunca terem me contado nada.

    Eu queria a minha história. Fiquei lá, estática, analisando a frase que acabara de ouvir. Não era uma frase simples, sujeito, verbo, predicado. Era uma oração, uma prece: *essa é uma conversa que você tem que ter com os seus pais, amém.* Passei a ouvir o eco da frase no subconsciente. No meu conscientíssimo. Para mim, a sensação era de que todo mundo repetia aquelas mesmas palavras o tempo todo para eu ouvir. Na rua, na banca, no trabalho, no ônibus, na padaria. No caixa do supermercado, parecia que a atendente confirmava o valor da compra: "vinte e oito reais e quinze centavos. Essa é uma conversa que você tem que ter com os seus pais."

Decidi pelo óbvio: seguir o conselho da minha tia. Ter uma conversa com os meus pais. Precisei esperar um fim de semana de folga chegar para então visitar meu pai e minha mãe em Petrópolis, como se fosse uma viagem habitual para matar as saudades. Criei inúmeras cenas na cabeça, como a do pacato almoço de domingo em que disparei, entre uma garfada e outra:

"Hum, esse frango assado tá uma delícia, mãe. É... eu fui adotada?"

9.

Não somos nada parecidas, minha irmã e eu. Nunca fomos.

Características físicas genéricas, junto com nossas escleras brancas, são o pouco que temos em comum. Ela tem o rosto mais quadrado, os traços mais pesados, nariz grande, olhos grandes. Puxou da vovó Tatta, Anunciatta, a mãe do meu pai. Eu, ao contrário, tenho rosto ovalado e nariz pequenino, arrebitado igual ao da minha avó Carmem e ao da mamãe. Motivo de orgulho para mim e de *bullying* na escola, embora naqueles tempos o nome disso fosse implicância.

Fazia de conta que não ligava, e acho até que não ligava mesmo. Gostava de carregar essa herança familiar, me apegava ao meu nariz arrebitado, característica peculiar das mulheres do lado materno. Era um carimbo de pertencimento; se o preço a pagar era ser chamada de focinho de porco, que fosse. Me sentia muito mais a Narizinho do Sítio do Picapau Amarelo do que a proprietária de um nariz de tomada. Não seria essa diferença física abissal entre mim e minha irmã o motivo para eu desconfiar da adoção. Para nós duas, estava mais que claro: eu tinha herdado os traços da família da mamãe e ela, do papai. Aprendemos que era assim. E pronto.

Um dia, no pré-primário, a professora me liberou para ir para o jardim da areinha, um tanque de areia na frente da escola onde as crianças pequenas podiam brincar nos intervalos. Conforme os alunos iam terminando as tarefas de alfabetização previstas para o dia, "m" com "a" faz má, "m" com "e" faz mé, a professora permitia que eles caminhassem sozinhos pelo corredor da escola, passassem pela cantina, pelo pátio, até a entrada do jardim, onde a professora-assistente cuidava das crianças que já tinham terminado o que estava previsto. Parei no bebedouro para tomar água e segui feliz rumo ao tanque de areia. O caminho era longo e, como era horário de aulas, o pátio lateral estava deserto. Atrás de um muro, bem na curva onde começava uma rampa, um menino da primeira série se escondia como um lobo mau à espera da vítima. Fui eu a sua Chapeuzinho Vermelho. Ele esticou a perna ao ouvir minha aproximação, eu tropecei e desci a rampa rolando, cambalhotando, rolando um pouco mais. Só parei ao topar com umas mochilas largadas no canto do pátio. Passei as mãos no rosto e percebi o nariz ensanguentado, a testa com um galo que parecia chifre de unicórnio. Levantei ainda a tempo de ver o menino gargalhar e se agitar de volta para o corredor das salas de aula. Desembestei num choro doído. Tia Vanilda, a merendeira, foi a primeira a me socorrer. Pegou uma faca de aço afiada.

"Vem, Renatinha. Vamos cortar esse galo já."

No meu imaginário infantil, logo vislumbrei a cena: pensei que tia Vanilda fosse fazer uma cirurgia em plena cantina, cortar fora parte da minha testa para retirar o galo de lá. Se antes eu só chorava, a partir daí passei a gritar com todo pavor e fôlego que pude. Minha irmã, na sala da quinta série no segundo andar da escola, reconheceu o grito fraterno e veio ver o que tinha acontecido comigo.

"Caiu de novo, Renata?", perguntou ela com cara de poucos amigos.

Eu vivia dando nó nas pernas. Desta vez, não por minha culpa.

"Calma, Renatinha", disse tia Vanilda tentando me acalmar, "o aço gelado da faca ajuda a baixar o galo. É só isso."

Não estava nada confiante nessa história da faca baixar o galo. Só me acalmei quando mamãe chegou esbaforida, me abraçou e beijou como fazem as mães assustadas, me levou ao médico, que remendou uns pontos no nariz e fez curativos.

Dias depois, de volta à escola, a diretora me levou para a sala da primeira série e me pediu que eu mostrasse quem era o moleque que tinha me agredido. Envergonhada por perceber que ocuparia o lugar de alcaguete, demorei, mas falei no ouvido dela que o menino responsável pelo tombo era o que estava sentado na terceira carteira da fileira encostada na parede.

A diretora olhou para o lugar apontado. Lá estava, de cabeça baixa apoiada sobre os braços dobrados à frente, o Dudu — justo o filho dela. Surpresa e incomodada com a situação embaraçosa, a diretora convocou seu filho, que ela chamou de "o estudante Carlos Eduardo", para ir até a diretoria. Quando passou por mim, ele me encarou com um ódio raivoso e xingou baixíssimo um xingamento de quatro sílabas que na hora eu entendi como "es-car-ra-da."

Escarrada? Por que eu era ou estava escarrada?

Naquele clima de tensão, na sala que não era a minha, com a professora que não era a minha, com colegas que não eram os meus, na frente da diretora da escola, supus que os curativos estavam sujos de sangue. Minha irmã vivia dizendo que os amigos dela escarravam uns na frente dos outros e faziam competições de escarro, cuspe e outras escatologias. Lembrei de uma amiga que tinha uma irmã mais velha tão parecida com ela que a turma dizia que a Mônica era a irmã "cuspida e escarrada". Só que como eu não era, nunca fui, minha irmã cuspida e escarrada, logo descartei esse significado. Estava longe de ser parecida com a Roberta. Encostei a mão e notei que os curativos do nariz estavam bem preservados, não tinha nada nojento em mim. Não entendia por que aquele menino idiota do primeiro ano me chamara de escarrada.

Só muitos anos depois, relembrando a história arquivada na pasta de deboches ou de histórias engraçadas da infância, supus que o Dudu, na época um aprendiz de calhorda, talvez tivesse sido o primeiro a me avisar:

"A-do-ta-da."

Casa 3

A terceira casa em que morei foi, na verdade, um apartamento em frente ao clube, em Petrópolis. Dela só me lembro por fotografias. E são poucas. Na maior parte, estou na varanda de onde se via o rio Piabanha, margeado por árvores dos dois lados. Cássias cacheadas de amarelo contrastavam com a cor rosada das quaresmeiras, que por sua vez se confundiam com os manacás branquinhos, cujas flores se tornavam violáceas depois do terceiro dia de floração. Descobri isso em uma visita que fiz a papai, tempos depois da morte da minha mãe. Com pouco mais de um ano, o que me chamava a atenção na vista do quinto andar do apartamento eram provavelmente o deslocamento dos jogadores e o vai e vem das bolinhas de tênis no Petropolitano Futebol Clube — que, vale dizer, não tinha campo de futebol na sede principal. Coisas de Petrópolis. Na escola, tive amigos que moraram naquele prédio e eu nem sabia que tinha vivido lá um ano inteirinho da minha primeira infância. Uma idade desmemoriada: as datas anotadas no verso dos retratos mostram que eu estava prestes a completar dois anos quando tentei mergulhar a mão no aquário para fazer carinho no peixe. Em outra foto, estou sentada no colo da mamãe, com minha irmã ao lado e, enquanto as duas olhavam com firmeza para o fotógrafo, meu pai, é bem provável, eu me perdia no horizonte. Descortinava as quadras de tênis do clube ou o meu passado sem origem? Sei de memória contada que foi lá que passei dez dias sob os cuidados exclusivos dos meus avós paternos, Tatta e Miguel, enquanto meus pais, a Roberta e um casal de amigos com um filho da idade da minha irmã foram para Bariloche ver a neve. Eu era muito pequena, não iria suportar o frio, foi a desculpa que me deram. *Ué, mas lá não existe bebê nenhum?*, contestei já maiorzinha, refletindo um possível incômodo por ter sido abandonada. Abandonada nada, porque sabe-se que quando os gatos saem de casa, os ratos fazem a festa. E nós, os ratinhos do apartamento 502 do edifício Barão de Lucena, nos divertimos naqueles dias de avós-e-neta: eu acordava, ficava de pé no berço do meu quarto, pulando e gritando, alegre, para chamar a atenção: *codei, vovô! Codei, vovó!* Era a senha para a nossa farra começar.

10.

Convivi duas semanas com a dúvida entre meus cafés-da--manhã, almoços, jantares, horas de trabalho e de sono. Dias inteiros de angústia antes de dormir, angústia que retornava com o despertar. Um nó perene na garganta, como se algo ruim estivesse prestes a acontecer, e eu não soubesse como lidar. Nos dias que antecederam o confronto, passei horas martelando: sou adotada? Talvez não 24 horas por dia, possivelmente um tanto menos, porque durante o sono os sonhos fossem outros — não sei por que deles eu quase nunca me lembrava, a não ser dos pesadelos que mantinham certa recorrência. Nessa época, o que invadia meu sono era a história de uma leoa, um animal enorme que corria atrás de mim para salvar o filhote que eu havia escondido numa bolsa de brim, sem que nenhum outro turista da excursão percebesse. A mãe havia notado, era o que bastava. Eu invariavelmente acordava assustada, depois de levar uma patada da leoa no rosto, ou de ser atacada por ela enquanto tentava alcançar o guia. Por que eu decidira roubar o filhote no sonho?

Foi complicado esperar o plantão passar, mas sempre lidei bem com prazos. O calendário pendurado na cozinha teria, enfim, uma utilidade. Circulei de vermelho a sexta-feira em que estaria de folga, quando enfim viajaria os 370 quilômetros para refazer a pergunta, desta vez aos interlocutores mais adequados para responder a questão. Domestiquei a ansiedade o quanto pude. Queria encarar aquela verdade que, embora parecesse revelada, ainda dependia de oficialização.

Cheguei à rodoviária de São José dos Campos às onze da noite da aguardada sexta-feira. Comprei um bilhete para a Novo Rio. De lá, pegaria outro ônibus para Petrópolis. Ainda tinha um tempo até o embarque. Fiz hora numa pequena loja de conveniência da rodoviária. Comprei um pacote de Deditos e uma garrafa de água. Paguei a moça, peguei a sacola, saí. Não tinha levado chicletes para mascar no trecho da Serra das Araras, lembrei. Voltei. Depois, me sentei em um banco e abri o livro que estava lendo. *Doze contos peregrinos*, do Gabriel García Márquez. Faltavam poucas páginas para terminar a leitura, três contos apenas. Diferente da minha peregrinação, que estava só começando.

Pouco antes da meia-noite, subi no ônibus com a mochila contendo três mudas de roupa e todas as minhas incertezas. O ônibus estava vazio, todos os assentos duplos eram ocupados por apenas uma pessoa. A viagem correu tranquila. Uma hora depois de sair da rodoviária, já passávamos em frente à Basílica de Aparecida. Dei uma olhada rápida e senti uma apreensão. Só então me dei conta de que mal tinha falado com meus pais nos dias anteriores, sequer tinha avisado que iria para Petrópolis no fim de semana. E se eles tivessem decidido fazer uma viagem? E se eles tivessem decidido me visitar?

No trecho curto para Petrópolis, dormi. Acordei quando estávamos no alto da serra, logo cedo o sol despontando de um lado das montanhas e um leve ruço no vale. Dei uma boa espreguiçada. Como são lindos os ruços na serra. A trava de segurança da janela não permitia abrir o vidro, mas eu sabia que fazia frio lá fora. Foi agradável ver as ruas da minha cidade natal passando como um filme diante dos meus olhos, mesmo que aquela talvez não fosse a minha cidade natal. Vivi ali por tantos anos, que outro porto poderia me deixar mais segura?

Saí do ônibus em um ponto perto do fórum da cidade e caminhei até o prédio onde meus pais moravam. Sentia as pernas tremerem a cada passada. Quando fui chegando mais perto, diminuí o ritmo, mas não parei. Na frente do prédio, antes de entrar, olhei para cima. Para a janela do oitavo andar. Respirei fundo e fui. Cumprimentei o porteiro, chamei o elevador, entrei e, enquanto os números se alternavam no visor, *1, 2, 3, 4,* ouvi, dentro da minha cabeça, o eco da frase da tia Lenita, *"essa é uma conversa que você tem que ter com os seus pais, com os seus pais, com os seus pais"*, achei que meu coração ia sair pela boca. *5, 6...* Apertei apressada o botão do sétimo, deu tempo, e imediatamente desci do elevador, um pouco ofegante. Me sentei na escada em frente ao 701, torcendo para que o morador não abrisse a porta para sair de casa ou jogar o lixo fora.

Subi pela escada o lance que faltava. Parei em frente à porta, colei o ouvido na madeira e ouvi um barulho leve na cozinha, que parecia ser do motor do filtro de água. Pensei em tocar a campainha, acabei pegando minha chave. Me abaixei para juntar do chão os jornais novos que estavam no tapete da entrada. Tudo o que eu não queria era me olhar no espelho naquele instante e ver minha cara de medo-angústia-tensão. Girei a chave na fechadura. Agora não tinha volta.

Mamãe estava colocando água na cafeteira elétrica. Tomou um susto que me pareceu de felicidade:

"Rê, você veio! Filha, que surpresa boa!", me abraçou e beijou, ao que retribuí. Precisava manter a calma. Não fazia sentido emendar a pergunta logo depois de chegar. Mas a que horas seria a hora?

"Ontem mesmo, antes de dormir, seu pai comentou que estava com saudades de você. E eu sonhei contigo essa noite, filha. Juro pra você."

"Foi, mãe? Como foi o sonho?"

"Você parecia meio triste. Aí você me ligava para dizer que precisava conversar comigo, mas que não poderia vir para cá no fim de semana. Aí você fazia uma chantagem emocional para eu ir te visitar."

"Eu, triste, por quê?"

"Você tá?"

"No seu sonho, mãe..."

"Ah... Você tinha terminado um namoro, sei lá. Quer um café com leite? Pão com manteiga? Se soubesse que você viria, teria feito arroz doce. Não tem problema, mais tarde eu faço."

Eu também cultivava meus segredos: nunca contei para os meus pais o teor dos meus pesadelos, ou que eles eram recorrentes. Quando acordava assustada por causa do pesadelo da cobra na infância e, eventualmente corria para a cama deles, eu dizia que tinha sonhado com o lobo, ou que estava com medo de um ladrão imaginário. Por que eu fazia isso? Por que aprendi a mentir tão cedo, e de modo tão autodidata?

"Vou guardar as coisas no quarto, mãe. E o papai, já acordou?"

"Você acha? Tá roncando, isso sim."

Rimos. Era uma anedota só nossa: debochar do ronco estrondoso do meu pai, que era capaz de jurar que não roncava. Uma entre as muitas piadas internas que colecionávamos.

Coloquei a mochila em cima da cama que foi minha por tantos anos. Abri a persiana, tentando não fazer barulho, levantei a janela de vidro, me debrucei para olhar aquela vista de montanhas por todos os lados, as árvores, a praça da Liberdade, a catedral.

Enquanto tomávamos café, papai apareceu de pijama. Ficou surpreso com a minha presença. Me abraçou apertado.

"Rê! A que devemos a honra?"

"Credo, pai. Coisa mais antiga de se dizer."

"E eu sou jovem, por acaso?"

Quando seria o melhor momento para iniciar a conversa? Haveria uma hora ideal? Na minha cabeça, já tinha feito uma centena de simulações. Será que eles percebiam que eu estava diferente?

O sábado seguiu como de regra. Meu pai tomou banho, se arrumou para ir ao escritório. Minha mãe tinha horário marcado no cabeleireiro e me perguntou se eu queria ir junto. Tomei um banho e fui. No caminho, encontramos alguns conhecidos, paramos aqui e ali para um bate-papo, sempre sobre amenidades. Enquanto minha mãe conversava com uma amiga que eu não conhecia, parei para olhar a vitrine de uma loja e pensei que talvez pudesse aproveitar o barulho dos secadores ligados escovando os cabelos das senhoras para dizer: mãe, eu vim pra cá porque quero saber se eu fui adotada. Quem sabe pudesse utilizar um tom mais estratégico: mãe, eu sei que fui adotada, minha dúvida é: por que vocês nunca me contaram? A Roberta também foi? Somos irmãs de verdade?

O salão de cabeleireiro estava lotado como sempre ficava aos sábados, e cheio de gente conhecida. Petrópolis era um ovo, pensei num repente. Foi esse repente que me jogou num vórtice: se todo mundo conhece todo mundo na cidade e se meus pais moram aqui há mais de 50 anos, então a adoção não é uma novidade para ninguém — para ninguém a não ser para mim! Olhei para manicure da minha mãe e foi por um triz que não perguntei: você sabe que eu fui adotada, né? O cabeleireiro: e você, também sempre soube da verdade? Todas aquelas pessoas que a gente encontrou no caminho...

Todo mundo sabe!

Todo mundo, menos eu. Me senti de uma pequenez monstruosa. Pedi um copo d'água para a moça que trabalhava como ajudante do salão. Ela era nova, mais nova que eu, saberia também? Talvez alguém tivesse acabado de comentar com ela: *tá vendo aquela moça ali junto com a Elena? Então, é a filha adotiva dela.* Como eu não queria surtar no meio do salão, respirei e decidi que precisava tirar essa história a limpo durante o almoço. Logo que saímos do cabeleireiro, passeamos pelo centro, tomamos um café de pé no balcão da padaria Fornarina, entramos na livraria. Minha mãe escolheu dois livros: *Quase memória,* do Carlos Heitor Cony e *O mundo de Sofia,* do Jostein Gaarder. Escolhas sintomáticas, desembrulhar as memórias de um pai em um, buscar respostas para a origem da vida no outro. Juntando os dois: procurar pai e origem.

"Também vou querer ler os dois, mãe. Depois vou pegar emprestado."

"Quer levar um deles com você? Não vou ler dois ao mesmo tempo."

"Não precisa. Tenho muito livro em casa. E vou terminar o que trouxe na viagem de volta."

"Falando na volta, filha, você já comprou a passagem?"

"Ainda não."

"Vamos lá comprar?" "Até a rodoviária? Ahn, mãe, tá quase na hora de encontrar o papai para almoçar."

"Não, Rê. Petrópolis tá moderna", ela usou um tom debochado, "agora tem um guichê da rodoviária ao lado da Casa Gelli."

Rimos. Debochar da modernidade de Petrópolis era mais uma das nossas piadas internas. Eram coisas que nos envolviam, nos aproximavam. Tive alguns períodos de ausência naquele fim de semana, lapsos, como se por um momento me esquecesse do meu propósito. Às vezes, parecíamos mãe e filha como antes. Minha vida seria então dividida por este fatídico *antes e depois*? Por que ela já não tinha me contado a verdade? Por que eu não desenrolava tudo o que tinha para desenrolar? Por dentro, parecia que eu a perdoara antes mesmo de ela me contar a verdade, como se a compaixão se sobrepusesse à raiva. Mas eu sabia que não se sobrepunha — não naquele momento. Se a dor gritava dentro de mim, por que eu me forçava a lidar com os pudores que eram deles?

Fomos ao escritório encontrar meu pai. Ele decidiu que iríamos almoçar no meu restaurante favorito — para me agradar, como sempre, ou para me agradar e eu me calar, como quem cede aos caprichos de uma criança birrenta que quer comprar o que viu na vitrine. Chegamos à Majórica, a churrascaria antiga que me fazia lembrar dos almoços especiais dos domingos da minha infância. Esperamos um bocado por uma mesa e, quando acomodados, comemos o de sempre, carnes suculentas e batatas suflê, infladas como pastéis de vento. Tudo estava delicioso, não fosse pela pergunta amarga que não deveria calar, mas que calava. Eu me calava e me fechava num comportamento insosso, e sentia raiva — deles e de mim.

Não tive coragem de substituir o frango assado pela carne, o almoço de domingo pelo de sábado, de causar um escândalo, minha maior vontade. Duas personalidades distintas habitavam o meu corpo: a passiva, que eu externava, e a desesperada, que me corroía. Não perguntei nada e comecei a desconfiar de que nada perguntaria. Estive por um triz de resolver minha pendência algumas vezes durante o almoço, no entanto, parecia que o anjinho que vivia no lado direito do meu ombro dizia "pra que isso, Renata? O que você vai ganhar desenterrando essa história?". Curioso, meu próprio anjinho sabia que havia algo a desenterrar. Agora minha passagem de volta estava marcada para as quatro da tarde de domingo. Precisava evitar o fracasso da minha viagem.

No sábado à noite, depois de me fartar do arroz doce da minha mãe, liguei para uma amiga que também não morava mais em Petrópolis. Coincidentemente, ela estava por lá no fim de semana. Combinamos de ir a um barzinho.

Cláudia estava morando no Rio desde a época da faculdade e não nos víamos havia uns meses.

"Quase não te reconheci."

"Pintei o cabelo, você viu? Cabelo escuro é mais prático no dia a dia."

"E você, tá bem lá no Rio?", perguntei.

"Tudo ótimo. Tô trabalhando numa empresa de intercâmbios para estudantes. Sabe como é: trabalhando muito, ganhando pouco, aquela velha história. Um pouco melhor do que quando a gente estagiava e contava as moedas, lembra?"

"Se me lembro? Sufoco! Tô igual, ganhando um pouco melhor lá em São José dos Campos, só que agora tenho aluguel pra pagar...", disse enquanto olhava o cardápio.

"Que tal uma porção de provolone pra beliscar?"

"Ótimo. Garçom, por favor, um provolone à milanesa e dois chopes geladíssimos."

Quando o garçom virou as costas, decidi que era hora de me abrir com a minha amiga. Foi como se um alienígena tivesse escapulido da minha garganta.

"Clau, você sabia que eu fui adotada?"

"Hã?"

"Seus pais te falaram alguma coisa sobre os meus pais terem me adotado?"

"Nossa, nunca ouvi falar... Você tem certeza? Como você soube disso?"

Pedimos mais chopes e porções até eu contar toda a novela das minhas últimas semanas.

"Caraca, mas de onde saiu essa ideia de fazer uma pergunta dessas para a dona Lenita?"

"Sei lá! Nem eu sei como explicar direito. Foi como se fosse um fiozinho de ideia que deixei escapar e revirou meu mundo. Acho que na hora pensei que ela fosse me responder: de onde você tirou essa ideia, menina? Só que...", Cláudia me interrompeu.

"Foi por isso que você veio para cá desta vez?" "Foi. Só que eu ainda não consegui ter coragem para perguntar nada para eles."

"Ah, mas precisa. Amanhã de manhã, hein? A gente pode combinar de se encontrar depois para você me contar o que eles te disserem", ela apertou minha mão forte e mudou de assunto. "Agora, vamos parar de pensar nisso. Vambora dançar!"

A pista do barzinho era pequena e a cada vez que a luz estroboscópica piscava, eu via na minha frente uma foto nítida, como num filme feito para lembrar dos anos que se passaram em festinha de criança. Dancei abraçada à memória da minha infância, no ritmo de uma viagem no tempo.

No dia seguinte, acordei e mamãe já estava de pé, preparando a mesa do café da manhã.
"Bom dia, mãe."
"Bom dia, Rê", e me beijou na bochecha. "Como foi ontem com a Cláudia? Ela tá bem?"
"Tá sim, tá trabalhando lá perto do nosso apartamento."
"Ah, que bom. Ela mora naquele apartamento dos pais dela em Copacabana?"
"Mora, tá sonhando com o dia em que vão inaugurar o metrô em Ipanema", aproveitei que estávamos só nós duas na cozinha e, quando ela se sentou à mesa comigo, respirei o mais fundo que pude. "Mãe, eu queria te perguntar uma coisa."
"O quê?"
"Sabe, fiquei imaginando milhões de maneiras de te falar isso, mas acho que é melhor ir direto ao assunto e..."
"Você tá grávida, filha?", ela arregalou os olhos e perguntou bem baixinho, como se para evitar que meu pai, mesmo dormindo, pudesse escutar.
"Não, mãe. Não é nada disso. Quer dizer, tem a ver com gravidez sim, mas não comigo, com você. Eu fui adotada, mãe?"

"De onde você tirou isso, Renata? Que maluquice é essa?!", não sei se era só uma impressão minha, mas minha mãe estava evitando me olhar.

"Mãe, eu acho que eu fui. Tenho quase certeza, na verdade."

"Como assim, ter certeza?", ela falava de um jeito cochichado, guardando um prato no armário. "Como você pode ter certeza de uma coisa que não aconteceu?! Essa é boa!"

"Você nunca me mostrou uma foto de você grávida!"

"A gente não tinha o costume de tirar retrato de gravidez naquela época."

"Mãe, eu sei..."

Ela me segurou nos ombros e, agora sim, olhou dentro dos meus olhos.

"Filha, não. Não foi. Não vamos criar problemas onde não tem", ela falou quase silabicamente.

Não havia verdade nas palavras ditas pela minha mãe. Não-vamos-criar-problemas-onde-não-tem, uma frase-feita só para encerrar o assunto. Uma frase que poderia estar na ponta da língua há algumas horas, dias, semanas ou pelo tempo de uma vida — a minha vida. Eu estava repetindo mentalmente aquelas palavras quando o interfone tocou.

"Deve ser a Cláudia, mãe."

"Sim, ela pode subir."

"A Cláudia?! O que ela vem fazer aqui a essa hora?", ela devia estar preocupada com a possibilidade de a Cláudia presenciar a cena.

"Ela ficou de me dar uma carona até a rodoviária Novo Rio."

"A gente não tinha comprado a passagem para mais tarde?"
"Eu passo na rodoviária e troco. Ontem ela sugeriu e eu gostei da ideia de ir batendo papo até o Rio."
"Não acredito que você vai embora assim, depois de tudo isso..."
"Tudo isso o quê? Você mesma disse que eu não fui adotada!"
"Depois de me perguntar um troço desses, Renata!"
Troço. Minha mãe se referiu à adoção como um troço. Tive vontade de expor toda a minha conversa com a tia Lenita, o asco, a raiva que sentia por ter vivido vinte e três anos de uma enganação provocada por eles. Mas me segurei.

A Cláudia chegou, abraçou minha mãe e ficou lá de papo enquanto eu terminava de me arrumar, de colocar as coisas na mochila. Meu pai acordou, achou estranha a movimentação na casa, ficou sem graça porque estava de pijama. Voltou para o quarto, colocou uma bermuda e uma camiseta, retornou à cozinha, onde mamãe e Cláudia tomavam café.

"Tchau, pai, Tchau, mãe. Se cuidem."

A Cláudia me puxou para um canto da cozinha:

"Você vai comigo mesmo? Achei que você poderia precisar conversar melhor com eles... Se você quiser, a gente conversa um pouco no seu quarto."

"Não sei direito o que pensar. Mas não quero mais ficar aqui."

"Me liga quando chegar em casa, filha", mamãe me abraçou quando estava de saída e disse baixinho no meu ouvido, "e pare de bobagem, viu?"

"E aí?", a Cláudia perguntou assim que a porta do elevador começou a se fechar. Apenas balancei a cabeça e mastiguei a vontade de chorar. O elevador não tinha espelhos, mas supus que a expressão do meu rosto ajudava a Cláudia a decidir se falaria ou não o que tinha para me contar.

"Perguntei para a minha mãe", ela soltou, de repente.

"E ela?", de imediato pensei na tia Marli, no quanto mamãe gostava da mãe da Cláudia, e, embora não fossem amigas próximas, eu sabia que elas eram velhas conhecidas. Tia Marli diria a verdade à filha ou embarcaria no mundo de faz-de-conta que meus pais haviam criado?

"Ela disse que sim, Rê, disse que lembra dessa época. De quando você chegou, e inclusive confirmou que sua irmã foi adotada também."

"A Roberta também? Eu tinha dúvidas se ela era..."

"Minha mãe acha que a tia Leninha vai sofrer muito ao remexer nesse passado."

Era inevitável. O sofrimento era uma sombra que nos acompanhava a cada passo. Mamãe lá, eu aqui, as mágoas de mãe e de filha. Cada uma esperando mais do que a outra poderia dar.

"Se ela vai sofrer, imagina eu que tô descobrindo isso agora", eu disse, na tentativa de encerrar o assunto.

"Eu sei, mas pensa comigo: ela deve ter achado que passado tanto tempo sem desconfiar de nada, você não iria mais descobrir. Aliás, se eu bem conheço a tia Leninha, ela deve estar pensando nisso nesse exato momento. Por isso, eu acho que você deveria voltar lá."

"De jeito nenhum! Não vamos inverter a ordem das coisas. Eu só descobri isso agora porque ninguém me contou antes. Se tudo tivesse sido dito abertamente, não haveria o que contar agora. Foram eles que esconderam a verdade de mim. Não sou eu que tô fazendo alguém sofrer. Por que eles não contaram antes? Tá aí uma coisa que eu gostaria de saber, por que disso eu não faço ideia", matraqueava uma frase atrás da outra, não deixava minha amiga falar. "Pra que fazer segredo de uma coisa que é tão bonita, Cláudia? Eles poderiam ter contado de uma maneira leve quando eu era menor, mas não... Preferiram esconder tudo, varrer a verdade pra debaixo do tapete. E, pensando bem, é a cara deles", arrematei possessa.

"Mas, Renata..."

"Tô me sentindo traída! Sabe? Não tem outra palavra. Ontem, andando na rua, tive a nítida sensação de que todo mundo sabia da adoção menos eu. Deu até vontade de gritar para as pessoas, feito uma louca no meio da rua: olha, agora eu sei, viu? Por mais que eu tente pensar num motivo plausível para eles terem escondido a verdade de mim e da Roberta, se é que ela não sabe, eu não consigo encontrar!"

A gente já estava dobrando a esquina do prédio quando a Cláudia me perguntou de novo se eu não queria voltar. Aquela insistência estava me irritando e fiz que não com a cabeça. Não quero. Agora quero que eles me falem. Quero que eles me procurem e me digam a verdade. Quero ouvir da boca dos meus pais. Ou será que eles vão fazer de conta que nada aconteceu para ver se simplesmente esqueço? É uma alternativa bem viável. Será que vão ficar torcendo para as coisas voltarem ao *normal*, quando o normal agora já é outro?

"E se a gente passasse na casa da dona Lenita?"

Só de olhar para mim, a Cláudia sacou a minha resposta. Fez o retorno e seguiu em direção à casa da minha tia. Tocamos a campainha e tia Lenita abriu a porta vestida com uma camisa de seda estampada com desenhos geométricos e uma calça de alfaiataria, passada com vinco num domingo de manhã. Elegante a minha tia.

"Oi Renata, oi Cláudia! Que bom receber a visita de vocês. Eu acabei de voltar da missa na Catedral, estava passando um cafezinho. Vocês aceitam?"

"Acabei de tomar café da manhã, tia, mas não vou negar um cafezinho passado na hora. Ainda mais com esse cheirinho bom vindo da cozinha."

Nos instalamos na mesa da copa, tia Lenita pegou o bule de café e as xicrinhas.

"E aí, minha filha, como foi?", ela foi direto ao ponto.

"Tia, mamãe negou tudo, disse pra eu parar de *bobagem*, como se a adoção fosse uma bobagem."

"Renata, é um assunto muito doloroso para ela."

"Foi o que eu disse, dona Lenita."

"Ah, tia, mas tenho o direito de saber minha história..."

"Você vai saber, minha querida. Tudo a seu tempo. Pra sua mãe, a sua história até agora era uma: a que você viveu até aqui com ela, com seu pai, com sua irmã. Vocês são filhas deles. Filhas. Você cresceu saudável, inteligente. Foi morar sozinha, fez sua faculdade, se formou. Um orgulho pra eles dois, você sabe disso. A primeira da família..."

"... *a ter um diploma de curso superior*", completei, desdenhando do bordão que meu pai sempre usava para se referir a mim com os conhecidos.

"Mas, tia, eu fui direta. Eu perguntei: eu fui adotada? Era só responder!"

"Não, Renata. Pra Leninha, essa não é uma resposta simples. É uma questão que mexe com anos da vida dela, deles, anos muito difíceis, aliás. Pra ela, você é filha dela tanto quanto os meus filhos são meus. E quem vai dizer que não? Você e a Roberta são e sempre serão filhas do seu pai e da sua mãe, que amam vocês desde o primeiro minuto que os caminhos se cruzaram. Minha querida, você vai precisar ter calma até que os seus pais entendam, e mais do que isso, aceitem a necessidade de contar a você a verdade que você quer ouvir."

"Ai, tia, fico tão desesperada... Acho que é porque eu sei que isso pode ser nunca!"

"Não, minha filha, eles vão arranjar forças pra explicar tudo pra vocês duas, pra você e pra sua irmã..."

"Eu não sou irmã dela de verdade, tia? De sangue?"

"Não quero falar mais do que eu já falei, Renata. Depois da nossa conversa, telefonei pra sua mãe e contei a ela tudo sobre o que nós conversamos. A Leninha não imaginava que todo esse passado viria à tona agora, ela ficou triste... Ela passou boa parte da vida tentando se convencer de que era mãe de vocês, a única mãe, e, de repente, quando parece que ela já não se angustia mais pensando nisso, a verdade surge como uma bomba!"

"Você falou pra ela, tia?"

"Falei sim."

"Nossa... Isso já faz duas semanas. Quando eu fui perguntar pra ela, ela ainda esboçou um receio, achando que eu queria falar que estava grávida. Que teatro!"

"Ah, minha querida, sinto muito... Eles sempre quiseram proteger vocês. Mais café?"

"Não, tia, obrigada."

Fiquei ainda mais triste com a revelação da conversa entre as duas. Era deliberado, então? Mamãe sabia que tia Lenita não tinha mentido, mas não tinha confirmado nada, então resolveu ela própria negar e ver se eu pararia de aporrinhar com essas bobagens, como resolveu chamar. Suspirei para tentar amansar o choro que vinha. Minha cabeça estava prestes a dar um nó. Parei em frente à mesa de fotografias da sala de estar da minha tia. Havia mais de vinte porta-retratos. Contei ali pelo menos oito pessoas que já não estavam mais entre nós. O pai e a mãe dela, esses não cheguei a conhecer. O irmão, que era motorista de ônibus da Viação Única de transporte intermunicipal e às vezes trabalhava no trajeto Petrópolis-Rio, que percorri tanto na época da faculdade. Cheguei a fazer algumas viagens com ele. Meu tio Germano, irmão do meu pai, estava todo bonito de terno e gravata, numa cerimônia que devia ser o casamento de alguém. Meu padrinho tinha morrido dez anos antes por uma doença renal. Chegou a fazer transplante de rim na época, uma operação bem-sucedida. Um tempo depois da cirurgia, um ano, talvez, quando ele morreu, minha tia encontrou mais de cem cápsulas do remédio antirrejeição que ele fingia tomar, mas dava um jeito de jogar atrás da cabeceira embutida na cama.

Na mesa, havia dois porta-retratos com molduras semelhantes e fotografias de duas crianças lindas. Eram meus primos de segundo grau que morreram ainda pequenos no trágico verão de 1988, em Petrópolis. Os dois, filhos do meu primo Germaninho, foram levados por uma tromba d'água que atingiu o portão da casa deles justamente quando a mãe, as crianças e um irmão mais velho, filho do primeiro casamento dela, estavam saindo para se abrigar na casa da família vizinha. As crianças e a mãe acabaram caindo num riacho, que com a chuva forte corria volumoso, e se ligava a outros rios maiores da cidade. Apenas o mais velho se salvou. A mãe das crianças, nora da minha tia, também tinha direito a um espaço naquele móvel que reunia o luto da casa. O destaque era para um rapaz sério, bonito e com uma barba bem aparada. Justamente meu primo, Germaninho, o pai das crianças, morto aos 42 anos por um aneurisma cerebral, pouco tempo depois. Eu olhava para todas aquelas ausências sobre a mesa e me perguntava como minha tia conseguia suportar tantas perdas: pai, mãe, irmão, marido, nora, dois netos, filho. Como ela mantinha essa postura amável, essa voz suave com que acabava de aconselhar a afilhada a ter mais paciência com os próprios pais. Abracei apertado a minha tia, agradeci pelo bolo, pelo café, pelo afeto. Nos despedimos e pegamos a estrada.

Passei a viagem observando a paisagem e puxando um ou outro assunto com a Cláudia, sobre a vida dela, nossos trabalhos, namorados. Embora até conseguisse manter a conversa, minha cabeça estava viva em outro lugar: no campo das memórias. Busquei a fundo as lembranças de infância. Nós nos mudamos para aquele prédio onde meu pai mora até hoje pouco antes do meu aniversário de sete anos. Lembro de ter chegado na sala de visitas completamente vazia e ter dado estrelas e cambalhotas naquela imensidão sem móveis, como um picadeiro de circo. Antes, morávamos em uma casa de bairro, de onde mamãe guardava uma triste estatística: os vizinhos de ambos os lados e o da frente tinham sido assaltados. Foi o limite para ela. Da notícia do terceiro assalto em diante, ela implorava para que nós nos mudássemos para a segurança de um prédio. Mamãe se livrou do medo, eu me livrei das lagartixas que se achavam as donas da casa. Cansei de ver rabinho pulando sozinho enquanto a bichinha se esgueirava em um vão do teto e alguém tentava caçá-la com a vassoura. Guardo outras lembranças da Castelânea, o nome do bairro que era como a gente se referia a casa, um tempo depois da mudança.

As memórias se afloravam na minha mente. Vinham como flashes, às vezes tão rápidos que eu mal conseguia visualizar com clareza as imagens que formavam. Lembrei de uma bronca que minha mãe deu na Roberta quando ela escondeu que tinha tirado nota vermelha e devolveu o boletim para a professora sem a assinatura do responsável. Quer dizer, elas assinaram na escola. Roberta e uma amiga imitaram a letra redonda com as iniciais do nome do papai.

Uma rubrica quase perfeita, para elas pelo menos. "Mentira tem perna curta", mamãe usou o ditado popular para dar a bronca, depois de encontrar a professora na rua e descobrir a mentira. Roberta ficou de castigo, sem poder brincar com os amigos da vizinhança. Pois é, mãe, mentira tem perna curta. Quase sempre. Descobri que os polvos, quando se deparam com uma situação de perigo iminente, amputam um dos braços espontaneamente para distrair o predador e escapar. Mais tarde, o membro dilacerado se regenera. O fenômeno chama-se autotomia, aprendi na aula de Ciências. Como o rabo das lagartixas da Castelânea. Em casa, eram as mentiras que tinham autotomia, cortava-se a perna para escapar da verdade e depois a perna se regenerava. Foi assim até meus 23 anos, quando a perna cortada não conseguiu se refazer, embora meus pais tivessem tentado de todas as maneiras possíveis.

II.

Voltei à redação na segunda-feira depois do fiasco do fim de semana com vontade de me dedicar inteiramente ao trabalho. Porém, se antes a espera por um *sim* me desconcentrava dos afazeres, agora o *não* me ocupava o pensamento de tal forma que eu tinha a certeza de deixar passar coisas importantes na revisão do texto do repórter, na escolha dos melhores trechos das entrevistas, na escrita de uma frase boa para abrir a reportagem. Naquela semana, resolvi que precisava conversar com o meu chefe.

"Levy, você tem um minuto?"

"Claro, Renata, entra."

Entrei, me sentei. Não sabia direito por onde começar.

"Eu queria te contar uma coisa que eu imagino que possa me prejudicar no trabalho..."

Vi no rosto do meu chefe uma expressão de apreensão e curiosidade. Fui direta.

"É que eu acabei de descobrir que eu fui adotada pelos meus pais. Na verdade, ainda é uma desconfiança, não tenho certeza porque meus pais negaram, mas minha fonte é segura", adotei um linguajar mais jornalístico.

"Hum... quem é sua fonte? Ela pede sigilo?", ele pareceu entender a minha opção pelos jargões.

"Não, é minha madrinha. Ela não quis confirmar, mas também não discordou, entende? Ela me disse para perguntar aos meus pais, eu fui para Petrópolis no último fim de semana, perguntei e minha mãe negou."

"Hum, Renata, eu entendo que a sua cabeça deva estar confusa. O que eu posso dizer, ou melhor, te sugerir é que você vá ser repórter da sua vida. Vá atrás de suas histórias."

Respirei aliviada. Era justamente o que eu precisava ouvir naquele momento. Não queria contrariar um pedido feito pela tia Lenita. Entendia a intenção dela, a necessidade de ter paciência e aguardar o momento em que meus pais estivessem prontos para conversar comigo sobre as minhas origens. Só que era impossível cruzar os braços e esperar que uma luz divina baixasse sobre as cabeças deles e os iluminasse a tomar a decisão de, enfim, me contar a verdade. Resolvi iniciar uma investigação paralela. Primeiro liguei para uma prima, filha de um dos irmãos do meu pai.

"Oi, Tetê, aqui é a Renata, tudo bem? Eu queria saber do que você se lembra sobre a minha adoção."

"Oi, Renatinha, é... será que a gente pode se falar depois? Eu tava de saída, na porta já. Só voltei para atender porque achei que pudesse ser da escola das meninas. Beijo, tchau."

Não seria uma tarefa fácil convencer alguém a me dizer a verdade. Meu pai é o filho caçula e temporão de quatro irmãos — eram cinco, um morreu com poucos dias de vida. Todos os meus primos são bem mais velhos que eu. Alguns regulam em idade com a minha irmã, mas eu sou a caçula da família, a bobinha nas brincadeiras com bola na piscina, a tola que não sabe que foi adotada.

Passei a semana assim: ligando para primos e primas de primeiro e segundo graus, sem avançar em nada, só recebendo respostas evasivas, desculpas esfarrapadas. O melhor resultado foi quando falei com a única prima do lado materno, a que passava os verões com a gente no Rio de Janeiro. Com ela, usei outra estratégia:

"Oi, Liz, tudo bem? Queria saber de uma coisa: você sabe se eu e a Roberta fomos adotadas da mesma família?"

"Ué? Desde quando você sabe?"

"Há uns meses...", arrisquei.

"Olha, não tenho certeza. Esse sempre foi um assunto proibido aqui em casa. Minha mãe é que talvez saiba, só que ela saiu. Não é melhor você perguntar isso para a minha tia?"

Minha paciência estava sendo testada ao limite. Minha vontade era dizer para a Liz que a tia dela, minha mãe, achava que tudo isso *era uma bobagem*. Em vez disso, agradeci. Joguei um verde e ela confirmou a adoção, pelo menos. Mais uma para a lista. Minha madrinha Lenita, a tia Marli, mãe da Cláudia, minha prima Liz.

Na mesma semana, liguei para a minha irmã, com quem eu já não mantinha um bom relacionamento, mas ainda aturava conversar, telefonar para ela vez ou outra, encontrá-la se preciso fosse. Roberta disse não saber de nada e estranhou tantas perguntas.

"Onde é que você tá querendo chegar, hein?"

"Você tinha seis anos quando eu nasci. Não é possível que você não se lembre da mamãe grávida, Roberta..."

"Eu não me lembro, Renata. Por que você tá preocupada com isso agora? O que te deu?"

"É inacreditável que você não se lembre de nada justamente quando você tava aprendendo a ler, a escrever, numa época em que o cérebro da criança é como uma esponja. Você não consegue mesmo se lembrar de quando eu cheguei?"

"Não, não consigo. Para com esse negócio de adoção. Eu sou a cara do papai. Você tem esse nariz de tomada que é igual ao da vovó. Você acha o quê? Que eu fui adotada também? Você é ridícula e..."

"Tá bom, Roberta, muito obrigada por sua inutilidade. Tchau."

Desliguei. Comecei a supor que ela também sabia de tudo e fazia parte da rede de mentiras desde sempre.

Quem daquela família poderia me dar uma dica boa de verdade, me indicar um caminho menos tortuoso para prosseguir com a investigação? Tentei pensar nos primos e primas, tios e tias, parentes e amigos que, por terem tanta proximidade, eram mais que família.

Quem sabe a Bebel, minha prima de consideração que brincava de orfanato comigo? No início do telefonema, ela ficou meio constrangida e chegou a negar que soubesse, depois disse que ouvira uma conversa entre os adultos em uma viagem que fizemos para Foz do Iguaçu. Eu me recordava da viagem; fomos eu, meus pais, minha prima Liz, tio Zeca, tia Ana Maria e Bebel. Por algum motivo, a Roberta não pôde ir em cima da hora, uma questão qualquer que afetou meus pais. A Liz regulava em idade com minha irmã e eu era um pouco mais velha que Bebel. Uma das duplas de companhia estava desfalcada e nós ficaríamos num quarto quádruplo.

"Eles estavam levando a Roberta a vários médicos por causa de uma complicação que ninguém diagnosticava direito, e então sua mãe, chateada, perguntou à minha mãe se não seria uma doença herdada dos pais dela. Eu ouvi bem essa frase e só estranhei: ué?!, levei um beliscão na coxa e o cochicho da minha mãe, *em casa a gente conversa*, aquela frase de meter medo em qualquer um. Quando eu fui pro nosso quarto, a Liz estava sozinha lendo um livro, e eu comentei o que tinha ouvido com ela. Foi ela que me contou que você e a Roberta eram adotadas, mas que a gente jamais poderia tocar no assunto. Quando a minha mãe veio me explicar, ela mentiu. Disse que eles estavam falando de outra Roberta, filha de uma conhecida deles. Não contei pra eles que eu já sabia."

"Nossa, eu devia ter uns 13 ou 14 anos... A Roberta tinha 19 ou 20, ou seja, foi bem na época que descobriram a bipolaridade dela..."

"Juro pra você que eu não sabia de nada quando a gente brincava de orfanato lá em casa. Juro, Renatinha."

"Tá tudo bem, Bebel. Eu acredito em você. Só queria entender por que eles nunca contaram nada pra gente e exigiram que os parentes e os conhecidos fizessem esse segredo todo...", pensei alto. "E a tia Ana Maria pensa que você não sabe de nada até hoje, Bebel?"

"Não, não. Há uns dois anos, quando a gente falava de outro caso de adoção, uma amiga da minha irmã que estava adotando um bebê, eu perguntei pra minha mãe e ela me contou que a tia Elena não pôde ter filhos e tal."

"E tal?", eu quis esticar a história pra ver o que mais Bebel sabia.

"Ah, que eles adotaram primeiro a Roberta, passou um tempão, e só aí surgiu a oportunidade de adotar você, só isso que eu sei."

A conversa com Bebel me fez lembrar da caixa bagunçada de fotos que eu mantinha na parte de cima do armário, no apartamento em São José dos Campos. Meus pais não teriam como negar se eu tivesse uma prova. O meu *sim* poderia estar guardado numa caixa.

12.

Abri a porta de casa e fui direto pegar a caixa de papelão na prateleira. Subi na cama de sapato alto, quase rasguei a colcha. Fui separando as fotos que não me interessavam: eu bebê, eu criança, eu mais velha. Queria as mais antigas, de antes da minha chegada. Não guardava muitas na caixa; a maioria ali era de fotos em que eu aparecia. No entanto, havia uns poucos retratos da *Era Roberta*, de festas e de encontros no sítio do tio Zeca, o pai da Biba e da Bebel. A Biba era uns quatro anos mais velha do que a Roberta, a Bebel era três anos mais nova do que eu. As fotos com a Bebel também não me serviriam na busca. Interessavam as que tinham a Biba e a Roberta, sobretudo as de quando minha irmã tinha cinco anos, um ano antes da minha chegada. Nessa época o sítio dos meus tios era um passeio frequente da família.

Fui fazendo dois montinhos: as fotos de 1972, 1973, antigas demais para o meu propósito, e as de 1974, que poderiam ser reveladoras. Em quase todos os retratos de moldura branca com borda dentada, a data estava anotada à caneta no verso. De 1974, a maioria fora impressa com borda branca reta, com mês e ano gravados automaticamente. Em algumas, havia uma legenda atrás com a letra da minha mãe para lembrar o evento e a data exata. Ela não escrevia em todas.

Tinha passado os olhos em quase uma centena de retratos quando então apareceu aquele que seria a prova incontestre da minha adoção. Ao contrário do que eu imaginava, não era uma foto do sítio. Eles estavam em casa, arrumados, com caras felizes, mamãe, papai e Roberta, os três ao lado de uma pilha de presentes de Natal e da árvore toda enfeitada. Embora não houvesse legenda anotada no verso, a data impressa na foto não deixava dúvidas: *dez-1974*. Mamãe estava com um vestido azul marinho estampado com florezinhas brancas e vermelhas, tão miúdas que pareciam poás. Magra, esbelta, não devia pesar cinquenta quilos. Roberta, perto de completar seis anos, usava um vestido de um tecido muito parecido, com uma faixa vermelha na cintura e outra, mais larga, como uma tiara de cabelo. Papai abraçava as duas, galante de calça e camisa jeans no mesmo tom, um cinto de couro na cor caramelo.

Os três sorriam, sem fazer ideia de que dali a alguns dias eu nasceria num lugar improvável do universo e, contrariando todas as expectativas, estaria nos álbuns de família dos anos seguintes. Que imprevisível o destino. No instante em que aquela fotografia foi tirada, eu já existia no corpo de outra mulher, num endereço desconhecido, sem que nenhum de nós soubesse da minha sorte.

Olhei para o retrato e senti um vazio imenso que, de tão grande, me completava.

Procurei outras, não havia. No pequeno monte, havia fotografias dos primeiros meses de 1974 ou do ano seguinte, que já eram familiares para mim: no batizado, no berço com a cabeça inteira para fora da grade, engatinhando, dando os primeiros passos. Aquela foto do Natal anterior ao meu nascimento era um pedaço de ouro garimpado no fundo daquele rio de retratos, um exemplar raro que documentava para o mundo, mas em especial para mim e para eles: queridos pais, está aqui. Eu fui adotada. Agora que eu tenho certeza, por favor, me deem o direito de saber como, onde, quando, por quê? Quero apenas o lide das minhas origens.

Dormi chorando, abraçada ao pedaço de papel. Acordei e fiquei ali olhando cada uma daquelas fotos, continuei a separá-las por data, mais uma vez tentando organizar, observando a felicidade que cada uma daquelas imagens guardava. Às vezes chorava um pouco mais, não sei bem ao certo se de alegria ou tristeza. Foi um divisor, falei depois com a terapeuta, se até aquele momento eu sentia uma esperança, mesmo que inconsciente, de que tudo não passasse de um mal-entendido, de que minha tia estivesse caduca, e a mãe da Cláudia também, e minha prima tivesse feito uma confusão, e de que eu não tivesse sido adotada, agora havia uma prova material. Ninguém mais poderia negar. Nem mesmo eu.

A foto provava a verdade e me tirava o chão.

Desta vez, resolvi usar um método mais ágil e telefonar. Empolgada, contei para mamãe o que eu havia encontrado. Descrevi a foto: uma imagem linda de uma família que parecia estar completa e que mal sabia que faltava ainda uma pessoa. Essa pessoa era eu, e não estava na barriga da mãe, porque a mãe estava magra demais, um mês antes do bebê nascer.

"É uma foto do Natal, mãe. Natal de 1974."

"A data estava errada", ela retrucou, firme, como se já estivesse esperando por isso. "Mas mãe, não foi você que anotou no verso. A data tá gravada na foto."

"Eu sei, Renatinha. Seu pai tinha que configurar a data na máquina e, como ele não sabia mexer direito, botou errado, a gente só viu depois. Por sorte, dezembro bateu direitinho, mas a foto é de 1973, com certeza."

"Com certeza? Como assim, com certeza?! Você não viu a foto, mãe!", eu falava com raiva e só pensava que deveria ter esperado para dar essa cartada pessoalmente.

"É que eu me lembro, filha, ficou errado em várias outras fotos. Tenho umas guardadas aqui em casa com essa mesma falha. Vou separar para te mostrar quando você vier. Só depois que o Zeca ajudou seu pai a consertar", ela pausou a fala e retomou, "eu me lembro bem."

"Eu não sei quando eu vou ver essas fotos, mãe, porque eu não vou aí tão cedo", anunciei, chateada.

13.

Fiquei quase um mês sem ligar para os meus pais. Minha mãe telefonava a cada três ou quatro dias, se eu estivesse em casa não atendia, e quando saía, era raro eu levar meu celular pré-histórico, um Motorola tijolão que eu usava mais para relaxar com o jogo da cobrinha do que para ligar para outras pessoas.

"Rê, não fica triste com a gente. Atende a sua mãe, filha", era o recado, com pequenas variações, que ela deixava na caixa postal.

Ouvir o *segundo não* me deixou desconcertada. Aquele papo de máquina fotográfica desregulada, quais eram os limites da mentira? Do que eles eram capazes, meu pai e minha mãe, para manter a verdade deles a salvo? Senti um asco que me fez suspender a investigação. Passei a considerar que sim, eu fui adotada, desconheço os detalhes, estou só e vou cuidar da minha vida. Passei a cuidar melhor da saúde, em decorrência do desconhecido, e fiz com que a raiva acumulada ficasse ali, dominada, como quem tenta domesticar um animal selvagem.

Até que num sábado de manhã, ao retornar de uma caminhada no parque Vicentina Aranha em que não levei o celular, vi que havia três ligações não atendidas. E uma mensagem.

"Oi, filha, bom dia. Eu e seu pai estamos passando por Taubaté agora e daqui a uns quarenta minutos estaremos aí. Por favor, nos espere em casa. Um beijo."

Uma voz distante, trêmula, como se quisesse mostrar normalidade, mas transpirasse preocupação. Impressionante como até sua voz tentava esconder coisas. A última ligação era de vinte minutos antes. A primeira, de uma hora. Não dava para saber em que momento minha mãe tinha gravado o recado. Eu estava suada da caminhada, precisava tomar um banho, trocar de roupa. Então, eles estavam vindo para cá? Iriam, enfim, me contar a verdade? Fui rápida. Fiz tudo em menos de vinte minutos e fiquei na sala do apartamento no décimo quinto andar, olhando a vista incrível da janela. As montanhas do Vale do Paraíba. O céu com nuvens que pareciam desenhos de algodão. Os carros em miniatura que passavam lá embaixo na rua Santa Clara. Não vi o carro do meu pai estacionado. Levei um susto ao ouvir o interfone tocar. Meu coração disparou. O porteiro avisou: sua mãe. Liberei a entrada e, quando abri a porta do meu apartamento, vi que o Mateus tinha vindo também. Meu sobrinho tinha quatro anos e eu estava morrendo de saudade da vozinha infantil dele juntando *tia* e *Rê*.

"Tiiêêê", pulou em cima de mim e me deu um abraço de urso.

"Mat, que saudade, cara!"

"Oi, filha", me deu um beijo como se nada fosse. "Trouxe os jornais de Petrópolis e do Rio pra você ler. Vamos levar o Mateus para brincar naquele parque que tem o avião? Ele veio no carro falando disso o tempo todo".

Descemos. Papai estava estacionando o carro na rua. Sem graça, me deu um beijo. Fomos os quatro a pé, eu e o Mateus na frente, de mãos dadas. Ele estava animado, me contando as novidades da escola e as brincadeiras com os amigos. Andava pulando nas pedras pretas do calçamento, falava alto. Eu, meio aérea, pensando no que tinha motivado essa viagem repentina deles. Levamos uns dez minutos para chegar.

Ao cruzar o portão, meu sobrinho correu para ver a réplica do monomotor que ficava no centro do parque.

"Vem, tia!"

"Eu vou com você, Mat", meu pai se adiantou.

Minha mãe me puxou pela mão.

"Vamos sentar ali?"

Sentamos.

"Rê, eu passei quase um mês com uma saudade de você."

Os olhos marejados dela me fizeram ter vontade de chorar.

"Eu sempre quis ter vocês, exatamente vocês duas. Mas eu não pude, filha."

Segurei as mãos dela. Eu sentia um nó na garganta, a revolta de ter sido traída contraída na traqueia. Naquele instante, fiquei triste e senti pena. Tive vontade de abraçar minha mãe, mas me contive.

"Eu e seu pai tentamos por quase dez anos, foi uma época difícil. E então veio a Roberta. Seis anos depois, veio você. Eu chamei a sua irmã pra vir com a gente aqui hoje, eu queria ter contado pra vocês duas juntas. A gente nunca contou nada pra ela também", essa parte foi entremeada de palavras e soluços de um choro triste.

"Mãe, eu não entendo por que vocês esconderam isso da gente. Por quê?"

"Ah, minha filha... A gente sempre se preocupou demais com vocês. Nós não queríamos que vocês sofressem, que vocês sentissem que tinham sido abandonadas por quem quer que fosse. E eu achava que vocês poderiam ser alvo de preconceito na escola. Seu pai e eu só queríamos que vocês fossem felizes. Só isso."

Eu estava em uma gangorra de sentimentos, de altos e baixos, de penas e raivas, amores e ódios.

"Mãe, vocês fizeram tantas coisas boas pra gente, vocês nos criaram, nos educaram. Pra que esconder? Juro, não entendo..."

Ela não disse nada. Talvez como criança quando sabe que fez coisa errada e entende que é melhor ficar quieta e deixar a poeira baixar. Ou como quem guarda mais coisas.

"De onde eu vim, mãe? Onde eu nasci?"

"Eu não me lembro direito, filha. De algum lugar do sul...", e então caiu num choro compulsivo, envergonhada por estar tão vulnerável num ambiente público. Anos depois, na terapia, eu entendi que o lugar público era uma escolha deles, um lugar que eles entendiam que evitaria uma discussão maior. Eles sabiam como tinham me criado e sabiam que eu prezava a discrição. Deu certo porque eu continuei ali, ao lado dela, segurando sua mão esquerda. Sem abraços nem beijos. Lembro como foi importante para mim manter esse distanciamento. Foi a maneira que encontrei para mostrar que compreendia, mas não aceitava. A conversa não durou muito mais. Estranha, mas reveladora. Mamãe, enfim, assumiu a verdade, mas contar detalhes eram outros quinhentos. Isso ficaria para depois. A todo momento, de longe, papai olhava para o banco em que estávamos sentadas enquanto servia de contrapeso para o Mateus na gangorra. A volta do parque foi antecipada pela chuva que, entre a ameaça e a ação, não levou mais de cinco minutos. Caiu forte e nos pegou no caminho. Mateus adorou, fez farra, ficou encharcado pulando nas poças. Saímos correndo até a marquise da padaria, para esperar passar.

Era tudo o que eles queriam: esperar passar.

Casa 4

Estava prestes a fazer três anos e aquela seria a quarta casa da minha vida — a mais marcante, porque era onde moravam as primeiras memórias da infância. Eram lembranças minhas, que me habitam até hoje, passados mais de trinta anos. Os cachorros correndo atrás da gente para brincar e eu achando que eles vinham me morder. Mamãe sempre dizia que eu era dramática, e isso vinha desde pequena. A rede, o balanço instalado na garagem. Lembro do enorme gramado verde, onde a gente se esticava, corria e brincava à vontade. Fui uma criança livre na Castelânea. Minha melhor memória: meu avô Miguel, sentado na mureta de pedra que separava a garagem do jardim, brincando de comidinha comigo. Ele fazia de conta que provava meu arroz, meu feijão e meu macarrão imaginários, e para tudo dizia, enfático, hum, bom!, enquanto fingia mastigar a comidinha. A felicidade estava naquelas palavras: uma declaração do amor que eu já sabia que meu avô sentia por mim, e eu por ele. Era no jardim da casa da Castelânea que mamãe escondia os ovos de Páscoa e nós saíamos de camisolas longas para procurar. Foi onde Benji, um dos cachorros da Roberta, morreu, envenenado pelo vizinho, desconfiávamos. Foi onde encontramos uma coruja na lavanderia, onde criávamos um galo, três galinhas e muitos pintinhos que, ao virarem frangos, iam para a casa da Ana, porque lá havia mais espaço, mamãe dizia, ou porque lá se comia mais canja, descobrimos na adolescência. De lá também saí para o meu primeiro dia de aula. Na primeira tentativa, fui feliz para escola, eu e a Roberta no Fusca azul-calcinha da mamãe. Ao chegar lá, contente porque estava com ela, descobri que ficaria no jardim de infância e Roberta seguiria para a sala dela, na terceira série. Chorei — prova de que, um dia, eu amei minha irmã. A professora me disse que dali a alguns anos eu também estaria na terceira série, mas que eu era pequena e precisava estudar como a Roberta tinha feito, aprender os números, as letras, antes de ir para a turma dos maiores. Não adiantou muito. Abri o berreiro de infelicidade. Se era para ficar na escola, que fosse com ela. Meu espelho, minha mirada, minha heroína — no passado distante, ela havia sido uma irmã como são as primogênitas. No segundo semestre, mamãe apelou. No quarto, mostrou para mim o uniforme novo, passado e estendido em cima da minha cama, lembrou que eu não estaria na mesma turma que a Roberta porque, afinal, disse ela, *a Roberta é seis anos mais velha que você*, e me avisou de uma regra que eu desconhecia em absoluto: criança de quatro anos que não vai para a escola, a polícia vem na casa da família e prende o pai e a mãe. E eu não queria isso, não é? Fui para escola, depois de um *argumento* tão convincente. Os Natais na Castelânea foram especialmente bonitos:

quase um mês antes, arrumávamos o presépio na bancada de pedra junto à lareira da casa e montávamos a árvore de Natal, um pinheirinho artificial de encaixe que, depois de montado, ficava bem maior que eu. Pendurávamos as bolas, amarradas com linhas finas de cor verde para não ficarem aparentes, e outros enfeites, que a cada ano, eram em maior número. Ao longo do mês, os presentes iam se avolumando no pé da árvore. "Uma ajuda para o Papai Noel, coitado", mamãe disfarçava. Essa sim, era uma mentira razoável para se contar a uma criança. Na véspera, esperávamos o Papai Noel, que demorava, mas chegava para fazer uma visita. *Ho Ho Ho*, ele dizia, meio cansado. Tínhamos seis anos quando meu primo Leonardo, afilhado de mamãe, viu o velhinho estacionar o Opala curiosamente vermelho em frente ao portão de casa, sair do carro e xingar. "Merda de carro", o Léo disse que ouviu. "Mas, Léo, o Papai Noel não fala palavrão!", retruquei. "Mas eu ouvi ele dizer *merda de carro*", ele repetiu, desta vez na sala, perto dos adultos, e levou um safanão do meu tio. Meu pai e meu tio foram lá para fora e logo depois, o Papai Noel entrou na sala, com seu *Ho Ho Ho*, com balas e pirulitos para a criançada. Presentes só mais tarde, ele tratou de avisar. Em seguida, meu pai e meu tio entraram, sujos de graxa. Trocaram o pneu do trenó do Papai Noel. Entre mim e meu primo, havia uma satisfação: nossos pais heróis.

Ela passou o Natal solitária, deitada na cama de alvenaria com um colchão velho jogado por cima, virando de um lado para o outro a barriga incômoda que a deixava doze quilos mais gorda. O quarto com pintura desgastada pela evidente falta de manutenção provocava claustrofobia, mas ela não sentia vontade alguma de se levantar, vestir uma de suas poucas roupas e sair de casa. Nem mesmo para a obrigação, o trabalho no armarinho. Ficava ali, na esperança de o bebê se desgarrar dela o quanto antes e poder dar um rumo decente às coisas. Não sabia o que fazer no depois, apenas odiava o presente. O pensamento que a rondava era o mesmo do começo da gravidez, quando o Namorado ainda dividia o cubículo com ela. Só que agora as ideias ocupavam um espaço maior da rotina: diariamente a Moça do Armarinho acordava lembrando o quanto não desejava o bebê, almoçava pensando no quanto odiava a redondez de sua barriga, voltava a dormir torcendo para que chegasse logo o dia em que esse martírio acabaria.

Na rua, em busca do que comer, levou um susto quando subiu na balança da farmácia — o atendente de plantão no último dia do ano olhando feio para a Moça do Armarinho, tão suja, semelhante a uma mendiga, uma moradora de rua — e acompanhou o trajeto do ponteiro até a casa dos setenta quilos. Como poderia ter engordado um quilo na última semana se mal comia uma refeição por dia? Chorou sem ter com quem compartilhar a tristeza. A mãe estava morta. Do pai, nunca soube, um espaço vago na certidão. História que iria se repetir com o filho que pesava em seu ventre. O Namorado saiu de casa havia mais de dois meses. Era outubro, 12, ela guarda a data porque era dia da Padroeira. Ele foi em busca de um mecânico que pudesse consertar a Kombi bege ano 1957 que usava para fazer as entregas do mercado de secos e molhados, de onde tirava o pouco dinheiro que os mantinha — uma vida de faltas que, ainda assim, era feliz, antes de o bebê existir.

Quem consertaria alguma coisa num feriado, com tudo fechado? Mas a Moça do Armarinho não desconfiou de imediato. Na primeira noite nem se preocupou. Às vezes, quando o Namorado se demorava na oficina do mecânico, um antigo amigo de infância, ele acabava passando a noite por lá.

O Namorado e a Kombi tinham a mesma idade e, talvez por isso, ele tivesse tanto carinho por ela. Herança do avô, que morrera dois anos antes, justo na semana em que o neto completou 16 anos. Sem mais ninguém no mundo, ele fez da Kombi uma casa tal era o medo de ser levado para uma dessas instituições que acolhem adolescentes sem família. Meses depois arrumou um emprego de entregador na quitanda e conheceu a Moça do Armarinho, que então trabalhava na mesma rua. Logo estavam dividindo um quarto de fundos num prédio de periferia, alugado por uma tia que queria se ver livre da mulher.

Com a maioridade veio a responsabilidade, que o Namorado não tinha aprendido a ter. Se dispusesse de um medidor de amor, diria que a paixão que sentia pela namorada diminuíra pela metade tão logo soubera da gravidez. Talvez um dia ele quisesse ser pai. Não naquele momento, talvez não com a moça de nariz arrebitado, com certeza não aos 18 anos. A Moça do Armarinho não percebeu a mudança de comportamento dele. Foi surpresa quando, passados três dias que o rapaz não dava as caras em casa nem no trabalho, ela pegou um ônibus até a oficina do mecânico e soube pelo amigo que o Namorado não havia sequer passado por lá no feriado.

O ano de 1975 começou confuso para a moça. A barriga enorme transformada em um transtorno ainda maior, mal permitia que ela desviasse dos produtos empilhados nas prateleiras do armarinho. Foi durante o horário comercial que ela sentiu as primeiras contrações que a levaram às pressas para a Santa Casa de Misericórdia da cidade. O bebê quase nasceu entre novelos de lã, linhas e agulhas. Depois de gritos de sofrimento, dor, angústia e muito arrependimento por não ter abortado aquela criança, a Moça do Armarinho estava enfim livre. Cordão umbilical cortado. "É uma menina", disse o médico. Ela não quis nem me olhar. Eu já era um corpo separado do corpo dela para sempre. Como ela tinha planejado.

14.

Sei que a um desconhecido tudo isso pode soar estranho. Hoje em dia, não só é estranho como ilegal. Não é mais assim que se faz. Mas já se fez, e muito. No entanto, nada nos meus documentos me levou a desconfiar de que eu pudesse ter sido adotada. Todas as lacunas da minha certidão de nascimento foram preenchidas. Fora os dados pessoais, não deve existir muita diferença entre a minha certidão e a de qualquer outra pessoa. Lá está escrito meu nome, o nome do meu pai, o nome da minha mãe, os nomes dos meus avós paternos e maternos, e há duas testemunhas — do que não houve, é fato. A cidade, a data (possivelmente errada) e o horário em que chorei logo que vim ao mundo. Uma mentira deslavada. Assim eram feitas as adoções até a década de 1970: alguém sabia de um fulano que arranjava crianças, de uma jovem mãe, ou nem tão jovem assim, que tinha deixado o recém-nascido na roda, uma freira ou assistente social de um hospital público que recebia um bebê cujos pais não tinham estabilidade emocional ou financeira ou ambas, um filho vítima e fruto de uma violência sexual — como crucificar uma pessoa por não ter ficado com o bebê que diariamente a faria lembrar do pior dia de sua vida?

Já imaginei inúmeras histórias. Se nasci de uma mulher violentada, sou eu a cara do estuprador? Crio possibilidades na minha cabeça até hoje: digo que não guardo mágoas, mas também não guardo minha pseudocertidão. Não consigo me lembrar do que fiz com a original. O documento que veio numa caixa do cartório de registros de um amigo do meu pai. A data errada só percebida muito tempo depois.

A data.

Que importância tem uma data, afinal? Talvez não haja mesmo para quem sempre teve uma data. Para quem responde, sem dúvida alguma, o dia em que nasceu. Para quem tem o privilégio de saber a hora exata, o local em que nasceu. Eu gostaria de saber o dia do meu nascimento. É bem provável que a gente só sinta falta do que não tem, do que não pode ter. Comemoro meu aniversário no dia 16 de janeiro porque assim me ensinaram. Me disseram: "é hoje, Renatinha! Viva!", e eu acreditei, como acreditei em tantas outras coisas. Passei vinte e três anos festejando o dia 16, apesar da certidão registrar 6 de janeiro, dia de Reis. O erro, que pode ser a única verdade escrita no papel oficial, era do tal amigo do meu pai, segundo mamãe me contava. Dizia que eles estavam tão felizes com meu nascimento (um eufemismo para a minha chegada) que, quando o amigo do papai ligou para parabenizar e oferecer a certidão de presente, os dados foram passados pelo telefone. E, como numa brincadeira de criança, o telefone sem fio teve efeito: papai disse dezesseis, o homem entendeu seis. A certidão, entregue em casa por um office-boy do cartório, estava embalada numa caixa de papel fino preto, com um laço dourado. Devia estar acompanhada de um cartão com dizeres: *Ao amigo Geraldo, com votos de felicidade para a família que cresceu.* Imagino que abriram a caixa, viram o documento lá dentro e guardaram na gaveta. Ninguém parou para ler atentamente as mentiras que estavam escritas.

Birra ou vingança, meu inconsciente tratou de me obrigar a perder a certidão original. Para que guardar a oficialização da mentira? Tenho uma cópia autenticada que mantenho dobrada no fundo da caixa de fotografias. Já me basta. O papel que, se comparado com os documentos das minhas amigas da escola, não ficaria devendo nada a ninguém. Só a mim: a mim, a certidão deve a verdade. Sorte que nunca fiz um mapa astral com esses números. Vá saber se usar dados inventados traz azar?

Do meu batizado guardo fotos. Provavelmente as mais antigas de que tenho registro. Minha madrinha Lenita e meu padrinho Germano, irmão do meu pai, me segurando na beirada da pia batismal enquanto o padre falava o que se diz na cerimônia do primeiro sacramento. No verso do retrato em branco e preto, uma anotação já um pouco apagada com a letra da minha mãe: *6 de abril de 1975, batizado da Renatinha.*

15.

"Rê, sua mãe vai fazer uma cirurgiazinha no próximo sábado. Você vem?", meu pai me perguntou ao telefone. O diminutivo tinha sido usado não para reduzir a dor da minha mãe, menos ainda a importância do procedimento em si. O diminutivo servia para minimizar a preocupação que uma notícia dessas poderia provocar; era para murchar o impacto que o pedido do meu pai teria em mim. Minha mãe talvez tenha insistido para que ele me ligasse. Quem sabe tenha avaliado prós e contras e pensado que, se ela morresse na mesa de cirurgia, não seria aconselhável que eu dirigisse feito louca pela Via Dutra com o peso da despedida da mãe no porta-malas — logo eu que tinha acabado de tirar a carteira de motorista.

Mamãe cultivava um cisto no abdome. Ele estava lá, ela sabia. Ele parava de incomodar, ela ficava contente, se convencia de que o cisto tinha se esvaído, como uma virose qualquer. Ele voltava a provocar dor, inchaço abdominal e ela falava que era assim mesmo, o médico tinha dito. "Como *assim mesmo*, mãe?", lembro de perguntar ao telefone. Dessa conversa havia se passado um tempo já, semanas, talvez meses. É possível que ela tenha cultivado o cisto calada por muito mais tempo. Estava habituada ao não-dito, com o segredar daquela que, afinal, era a minha família. Desliguei o telefone e refleti: só o fato de papai me ligar e convocar a minha presença já determinava a gravidade da situação.

Fui para o trabalho e negociei uma troca de plantões. Na sexta-feira depois do almoço, optei por deixar o carro na garagem de casa e embarquei em um ônibus rumo ao Rio, e de lá para Petrópolis. Tantas vezes a mesma viagem. No trecho final, distraída pela beleza da paisagem da serra, lembrei de cenas da minha mãe, a quem eu nunca estive ligada por um cordão umbilical, a que no dia seguinte estaria deitada em uma maca num centro cirúrgico. Nunca fui de reza, mas rezei. Rezei, lembrei e sorri. Ri sozinha diversas vezes na poltrona do ônibus. A história que veio mais forte à memória foi de quando entrei em coma, depois de um tombo na garagem do prédio onde morávamos — onde papai mora até hoje. Bati com a testa na pilastra e caí de costas, desacordada, pressionando a parte de trás da cabeça no chão. Mamãe me levou ao pronto-socorro com bobes no cabelo, uma mão esmaltada e outra não. Saiu às pressas do cabeleireiro para me acudir. Eu tinha quase oito anos. Acordei e reconheci todos que vi, menos meu pai. Me recuperei e o episódio acabou arquivado nas nossas memórias, na pasta de sustos. Anos depois, ela debochava: "da mãe a gente nunca se esquece."

Não, mãe, da mãe da gente é impossível esquecer.

A operação não foi um sucesso. Pouquíssimo tempo depois de mamãe ser levada ao centro cirúrgico, o médico chamou a mim e ao meu pai no quarto do hospital, onde aguardávamos as notícias. Pediu para que fôssemos até o fim do corredor porque, segundo ele, a paciente estava saindo da sedação e a qualquer momento poderia ser levada para o quarto.

"Um dos ovários está cem por cento comprometido."

Falou e se aquietou como se a frase em si fosse clara o suficiente, um diagnóstico completo, começo, meio e fim. Vive-se sem um ovário, ou sem nenhum. Minha mãe nunca usou nenhum de seus ovários. Por que ele demonstrava essa consternação?

"E?", perguntei, num tom de impaciência, ao que papai fez uma leve pressão com os dedos no meu braço.

"Se tivéssemos *entrado* com o bisturi, a Elena teria morrido no centro cirúrgico. É um tumor, noventa e nove por cento de chance de ser maligno. O outro ovário está tomado também, embora não tanto quanto o direito."

Não houve cirurgia. Os médicos tinham optado por fazer uma laparoscopia, menos invasiva, antes mesmo de se depararem com o que se depararam no interior da minha mãe. E, pelo que entendi, nós tínhamos que agradecer por isso. Tivesse sido feito de outra forma, o desfecho seria trágico. O cisto era um câncer inoperável. A laparoscopia, essa palavra esquisita que faz cócegas no céu da boca da gente, aparentemente foi o que salvou minha mãe naquele sábado.

"E o que nós podemos fazer agora, doutor? Qual é o tratamento?", papai quis saber.

"Vou ser bem sincero, Geraldo. Não é um câncer tratável. Do jeito que está, não dá. Tá bem avançado. Se a Elena aguentar mais um mês é muito."

Um mês de vida. Pensei que meu pai fosse desmaiar. Pensei que eu fosse desmaiar, senti a pressão cair, a tontura chegar, a garganta secar de repente. No entanto, nós só encostamos na parede, cada um de um lado, buscando algum apoio. Papai olhou para a janela que fazia a ventilação do corredor na ala de quartos do hospital. Observei por alguns instantes o rosto daquele senhor de 64 anos, dois terços deles vividos ao lado dela. Presumi que ele rememorava a história de uma vida inteira numa tela mental, namoro, noivado, casamento, o trabalho ao lado dela, as lojas, a vontade de ter filhos, o impedimento, a chegada da Roberta, as conquistas, as amizades que eram muitas, as dificuldades, as voltas por cima que eles sempre davam, a minha chegada, a perda do pai, a melhora de vida, festinhas de aniversário, as mudanças de casa, natais, viagens, a perda da mãe, a minha formatura, o tempo, esse senhor tão bonito e implacável. O médico deve ter saído enquanto passeávamos pelas lembranças, papai com as dele, eu com as minhas, tentando descobrir quais seriam as suas. Dei dois passos, abracei meu pai e disse algo como: vamos adiante, pai, e juntos. Ele secou as lágrimas e apertou minha mão.

Aquele era o dia 25 de novembro de 2000, nunca vou esquecer; em um mês seria Natal. O Natal e a provável data da morte da minha mãe. Onde estava a Roberta? Por que ela sequer apareceu no hospital? Na lápide, a data de morte seria a data em que tanta gente celebra a vida. E eu estaria de plantão na TV, na semana do Natal. Esses ovários não poderiam ter sido tirados antes de ficarem apodrecidos? Nunca serviram para nada, só para atrapalhar. Meu pai, com certeza teria uma desculpa qualquer para justificar a ausência da Roberta. No fim, consegui alterar o plantão, mas as perguntas nunca pude substituir, mais de uma década depois.

Retornamos para o quarto do hospital alguns minutos antes de a enfermeira trazer mamãe, grogue, na maca. Papai tinha acabado de lavar o rosto.

"Ô, Leninha, que bom que você está de volta. O doutor Raul já passou aqui e disse que correu tudo bem".

Não imaginava que iríamos detalhar para mamãe a conversa com o cirurgião, claro. Não iríamos dizer para ela que era provável que ela morresse no Natal. Contudo, o tom vibrante do meu pai me espantou. Parecia que tudo tinha dado certo, como se a equipe médica mais competente do mundo tivesse extirpado o cisto em vinte minutos de cirurgia. Entendi ali que a mentira se enrodilhava na família de forma natural, como coisas que acontecem simplesmente porque acontecem. Chove, o sol brilha, o dia se transforma em noite e a noite em dia, papai conta mentiras que ele considera brandas. As mentiras não eram direcionadas só às filhas — eram para quem delas precisasse. Apesar do susto, aceitei, ingênua, e acreditei que mamãe tivesse engolido a encenação.

No fim da tarde, porém, depois de umas batidas na porta (e eu cheguei a pensar que fosse a Roberta), entrou no quarto um visitante que ela sabia não se tratar de visita. Se até então meu pai tinha se esforçado para esconder a cirurgia-que-não-houve e evitado falar de diagnósticos complicados, a chegada de outro médico, o doutor Mauro, fez o plano dele ruir.

"Ah, Mauro, você por aqui.", ela desembestou num choro sentido.

Petrópolis é um ovo, sempre digo. Meus pais conheciam o Mauro de outras tragédias familiares. Foi ele quem tratou do meu avô materno, quando ele teve um câncer de intestino. Meu avô morreu depois de quase dois anos de tratamento, minha bisavó teve algo como um câncer de pele. Doutor Mauro não era visita, era o oncologista da família.

"Leninha, se acalme, minha querida. Vamos conversar, tirar as dúvidas. Já falei com o Raul, ele me deu um panorama da cirurgia, vi seus exames agora há pouco. O que eu disser e não ficar claro, vocês podem me perguntar de novo. O mais importante de tudo isso, Leninha, é que já deixei agendado um horário pra você começar o tratamento na minha clínica na semana que vem."

"Tratamento?", repeti, espantada, e papai fuzilou meu espanto com o olhar.

"Sim, Renata...", doutor Mauro parou e olhou para o meu pai como quem precisa de uma confirmação. "Essa é a Renata, né, ou é a outra?", ele riu, eu não. Nós nunca fomos confundíveis, e eu odiava que se fizesse essa confusão.

"É a Renata, Mauro. A jornalista que foi pra São José dos Campos. A Roberta não pode vir agora."

Nunca soube por que minha irmã não apareceu no hospital naquele dia.

"Pois bem, Renata, sua mãe vai começar a quimio na quarta-feira que vem", e se dirigindo à mamãe, "é um câncer de ovário bem evoluído. Vou pedir uns exames, aproveitando que vocês estão aqui no hospital, só pra ir acertando a medicação, a dosagem."

Mamãe morreu em 10 de dezembro de 2001. No carro, voltando do enterro com meu pai, veio à mente a cena completa do diagnóstico, que ocorrera pouco mais de um ano antes. Lembrei de tudo o que ela pôde fazer nesse intervalo: as inúmeras vezes em que levou e buscou o neto na escola, os almoços de domingo, os encontros com as amigas, a nossa viagem. Mamãe teve 380 despertares depois da não-cirurgia. Viveu bem a maior parte dos dias. Viu, aterrorizada, as Torres Gêmeas desabarem dois meses depois que estivemos lá, nós duas juntas. Dois meses depois da viagem, veio a piora. O morre-não-morre. Passei a primeira marcha quando o semáforo abriu e comentei que tinha vontade de processar o doutor Raul, o cirurgião que nos deu o prazo angustiante de um mês de vida.

"Processar por quê? Por que sua mãe teve a chance de viver um ano a mais do que ele estimou, Renata?"

16.

Nesses doze meses e uns dias que restaram à minha mãe, ela viveu. Muito. Óbvio que nunca lhe contamos sobre o ultimato. Cirurgiões acreditam ter essa vocação divina: para o que eles não resolvem na faca não há solução. Deixamos que o parecer mais iluminado do doutor Mauro, médico clínico, se sobrepusesse ao trágico do doutor Raul, o cirurgião. Eu, enfim, havia compreendido as regras da família: ocultar pequenos detalhes não tinha o mesmo peso que mentir. Omitir. Existe até esse verbo específico, um dos mais conjugados na nossa casa. Eu omito, tu omites, nós omitimos.

As quimioterapias seguiam, com rigor, o cronograma estipulado pelo oncologista. A cada doze dias, treze, se o décimo segundo caísse num domingo, mamãe fazia uma sessão que levava três horas entre entrar e sair da clínica. Ela sempre levava um livro ou uma revista de palavras cruzadas. Algumas vezes eu a acompanhei. Logo em seguida à sessão, ela se sentia mal, apesar de se esforçar para não parecer tão mal assim. Eu ia a Petrópolis com uma frequência cada vez maior; meus plantões não me permitiam ir todos os fins de semana, mas eu não deixava o mês passar sem visitá-los.

Em uma dessas ocasiões, quando aproveitei para acompanhar a décima segunda sessão de quimioterapia e, de quebra, participar da comemoração dos 70 anos da tia Lenita, mamãe me perguntou num repente:

"Rê, quando serão as suas próximas férias?"

Eu respondi que pretendia folgar apenas vinte dias em julho.

"Por que então não fazemos uma viagem só você e eu?"

"Será, mamãe?", disse sem esconder a surpresa.

"Sim, filha, vamos!", ela insistiu, o remédio já correndo pelas veias.

De fato, as sessões de quimioterapia tinham dado algum ânimo a todos nós. No entanto, eu conhecia a gravidade da situação e a saúde frágil da minha mãe. Embora vencido, o prazo de um mês ecoava na minha cabeça todas as noites antes de dormir. Às vezes, saíamos para tomar sorvete no fim de um sábado qualquer, como se não soubéssemos de nada. Como um interruptor que desligávamos por algumas horas para que não lembrássemos, papai e eu, do ovário direito cem por cento tomado pelo câncer inoperável e inoperado na não-cirurgia. O tempo passando, a nosso favor ou contra? Mamãe escolhia o preferido dela, sorvete de queijo, talvez a única consumidora do sabor em toda a cidade, eu pedia o de baunilha, certeiro e sem graça, e papai variava entre o de flocos e o de chocolate. Papai e eu, que nos parecíamos em tão poucas coisas, éramos os neutros do *gelatto*. Tomávamos nossos sorvetes e deixávamos a preocupação se derreter, como se pudéssemos mudá-la de lugar no cérebro, do consciente para as profundezas do inconsciente e lá deixar o câncer esquecido, como pudesse assim alcançar a dádiva de ser sinônimo de inexistente. Se não fossem as idas à clínica a cada doze dias, ninguém mais se lembraria dele — a não ser mamãe e suas dores, muitas guardadas só para ela. Em casa, não se tocava no assunto desde que o Natal passou e ela resistiu ao novo ano.

Talvez por isso, por esse sopro de naturalidade, mamãe tenha pensado na viagem. Na minha cabeça, a simples sugestão de viajar sozinha com ela me jogou de volta ao fatídico dia do ultimato. E se eu for com mãe viva e voltar com mãe morta?

Quando o doutor Mauro apareceu na enfermaria onde eram feitas as sessões de quimioterapia, ela pôs o plano em prática:

"Mauro, eu tenho que fazer mais dez sessões, não é isso?"

"Sim, Leninha, essa de hoje e mais dez. Depois vamos repetir os exames e avaliar se vai ser preciso fazer sessões complementares."

"As que já estão programadas devem terminar no fim de junho, certo?"

"Isso aí, você tem uma agenda nessa sua cabeça, hein?"

"Mauro, estive pensando: você me liberaria para fazer uma viagem com a Renata depois dessa etapa, em julho?"

"Tá doida pra ir visitar a filha lá em São José dos Campos, não é?"

"Na verdade, Mauro, eu queria ir pra Nova York, só eu e ela."

Nova York. Ouvi a resposta da minha mãe e imediatamente virei a cabeça na direção do oncologista, como quem assiste a uma partida emocionante de tênis e mal pode esperar para ver a reação do jogador. Ele estava incrédulo.

"Claro que tudo depende de como você vai ficar nesses três meses que faltam pra terminar esta etapa do tratamento. Se você continuar como está, reagindo da forma como está, não vejo razão pra você não viajar com a sua filha."

A incrédula, agora, era eu. Nos dias seguintes àquela conversa, meu pai me implorou para que eu desse um jeito de renovar o visto americano em São José dos Campos. Faria tudo para que a viagem acontecesse: como se fosse um pedido derradeiro dela que ele iria cumprir. Quatro meses depois da conversa na clínica, um mês depois da última sessão do tratamento, mamãe e eu entrávamos na fila da imigração do aeroporto JFK em Nova York.

Estávamos as duas em Nova York para passarmos dez dias passeando juntas, como mãe e filha que sempre fomos e que continuaríamos a ser. O que poderia dar errado? Tudo, eu sabia, só que já estava craque no esquema de fazer de conta que não tinha nada para dar errado, de omitir de mim mesma.

Alternamos bem descansos e passeios. A toda hora perguntava como ela se sentia, se não queria se sentar um pouco para descansar. Às vezes, eu demonstrava um cansaço que não tinha para que mamãe se sentasse comigo em um café e nós pausássemos a caminhada por breves instantes. Ela quis me levar ao Central Park, ao MoMA, ao Metropolitan Museum of Art. Subimos o Empire State. Fiquei brava porque na entrada não havia um aviso de que o elevador só levava ao octogésimo andar. De lá até o octogésimo sexto, o visitante precisava encarar os lances de escada. Os elevadores que faziam a baldeação entre os andares mais altos estavam em manutenção. Quis desistir, mamãe disse: *"calma, Rê, vamos lentamente."*

A viagem para Nova York foi o ápice da nossa ligação mãe-filha. No dia 11 de julho, dois meses antes do atentado, tiramos fotos magníficas da vista do alto das Torres Gêmeas. Depois de uma tarde em que passamos pelo memorial Strawberry Fields, nós duas já deitadas nas nossas camas, mamãe puxou a conversa.

"Rê, sabe qual foi um dos dias mais bonitos de toda a minha vida?"

"Qual, mãe?"

"O dia em que eu soube que você seria nossa."

Continuei coberta com o lençol, em silêncio. Senti os pelos do corpo se arrepiarem e um incômodo por não ter percebido de onde vinha a felicidade dela.

"Quando nós estávamos procurando a Roberta, isso em 1968, seu pai e eu entramos em contato com bastante gente, eu mesma liguei pra mais de dez instituições. Era só um amigo ou conhecido recomendar um determinado lugar e eu ligava, ansiosa para ter a minha filha. Um dia, conseguimos encontrar a sua irmã ainda bebê em um orfanato em uma cidadezinha do interior de Santa Catarina. Seu pai e eu fomos buscá-la. Imagina só a nossa alegria de ter uma bebezinha em casa! A família inteira veio visitar, todo mundo comemorou."

Eu mal piscava. Ouvia o relato atentamente, como se esperasse por uma convocação. Em breve, chegaria a minha vez. Sentia uma misto de emoção e ansiedade.

"Muitos anos se passaram até que um dia, depois de chegar da fábrica, o telefone de casa tocou e, quando atendi, uma senhora com uma voz fina e rouca se identificou como Irmã Aura, da Santa Casa de Misericórdia de Ponta Grossa, dizendo que na frente dela estava uma menininha recém-nascida, saudável, e perguntou se nós ainda procurávamos por um bebê. Disse sim, queremos, é nossa, vamos buscá-la. Liguei pro seu pai, no escritório, e gritei: Gera, nós vamos ter outra filha, nós vamos ter outra filha, e seu pai, coitado, até pensou que eu estava grávida."

Ponta Grossa? Nasci na Santa Casa de Misericórdia mesmo ou tinha sido deixada lá após o parto? Quem me levou para adoção? Eles eram pobres? Eram jovens? Eram criminosos? Cheguei a mamar na Biológica alguma vez na vida? Minha cabeça estava um turbilhão de perguntas.

"Nossa, mãe, que linda essa história", afirmei, abraçando minha mãe e desviando as dúvidas do pensamento.

"Peraí que tem mais, filha. Quero te contar. Na tarde seguinte ao telefonema, seu pai, eu, tia Lenita e tio Germano, que nós escolhemos para ser seus padrinhos, fomos para o aeroporto Santos Dumont, com passagens para Curitiba. Levamos apenas uma bolsa de mão com uma muda de roupa e um moisés. Seu pai alugou um carro em Curitiba, porque nessa época nossa situação financeira era mais confortável e fomos até Ponta Grossa. Nos hospedamos em um hotel perto da Santa Casa."

"Isso era que dia, mãe?"

"No dia seguinte à ligação da Irmã Aura", ela emendou, talvez com a intenção de evitar outras perguntas. "Queria ter ido lá à noite, mas seu pai e seus tios me convenceram de que era melhor deixar para o outro dia, no horário que a Irmã Aura tinha marcado com a gente."

"Mas que dia de janeiro, mãe?"

"Uns dias depois de você nascer", tangenciou, "então na manhã seguinte, nem tomei café no hotel. Acordamos e fomos direto te conhecer. Mal acreditei quando te vi: uma bebê pequenininha, bochechuda, branquinha, com cabelinho ralo, o suficiente para fazer umas chuquinhas, eu já imaginava. Era você, minha filha. Eu e Lenita ficamos contigo enquanto seu pai e seu tio foram resolver a parte burocrática. Estava radiante e com a sensação de que agora sim a nossa família estava completa. No voo de volta, fiquei feliz porque na ida eu levei o moisés vazio, um monte de gente olhava de rabo de olho e não tinha ninguém. Na volta tinha um bebezinho."

Qual era o dia, mãe? Eu queria tanto saber em que dia eu nasci.

Casa 5

Minha quinta casa era, na verdade, o apartamento. Não um, o. Edifício Barão, 801. O apartamento onde meu pai mora até hoje, o último lugar que minha mãe chamou de casa. Tanta coisa já mudou por fora, por dentro e, ainda assim, é a minha maior referência, o único ambiente por onde consigo andar sem medo no breu total. Lembro das noites de verão em que ficávamos sem energia elétrica. Durante os temporais, era certo um transformador estourar e ficarmos no escuro. Lá íamos nós, papai e eu, nos debruçar na janela do quarto deles, de frente para a rua, e esperar a equipe de manutenção chegar. Fuxicávamos lá do alto enquanto conversávamos sobre coisas tantas. Foi ali, diante da bela vista da Catedral iluminada, e nós no escuro, que papai me confessou pela primeira vez, de forma clara e inconteste, o quanto gostaria que eu não saísse de Petrópolis para cursar faculdade. Alertou sobre a vida boa que eu levaria se estudasse Administração na UCP, a duas quadras da casa, iria a pé para a faculdade e para o trabalho, nas lojas ou no escritório com ele, eu poderia escolher. Disse isso justamente para mim, que desde os dez anos pedia para entrevistar a parentada toda nos Natais em casa. Logo eu, que no primeiro ano do Ensino Médio me dividi entre Jornalismo ou Pedagogia, cursos que não eram oferecidos na UCP. No começo daquele ano, já tinha manifestado a certeza: queria ser jornalista. Papai fazia torcida pesada para eu mudar de ideia, não apenas para dar prosseguimento ao trabalho dele no comércio como para que eu continuasse ali, ao lado da família. Eu não tinha essa vocação. Hoje, em retrospecto, imagino que a Renata de 17 anos desejava sair de Petrópolis e desvendar outros lugares, muito mais do que apenas seguir um chamamento para ser jornalista ou pedagoga. A escolha da futura profissão feita a dedo: justamente dois cursos que não havia nas universidades de Petrópolis. Naquela noite de falta de luz, disse a ele que ainda não estava certa sobre o que fazer, era uma escolha importante e eu não queria tomar uma decisão repentina. No fundo, eu sabia que não valia a pena discutir por algo que estava arquitetado. Só precisava arranjar o melhor momento para revelar a verdade. Ficamos alegres com a mudança. Nunca soube como meus pais convenceram a Roberta a distribuir os bichos de estimação dela entre os nossos conhecidos. Não daria pra criar gato, cachorro, galinha, tartaruga, mesmo num apartamento enorme. Vazio, então, parecia ter o dobro do tamanho. Eu aos quase sete, Roberta aos quase treze, brincávamos de circo na sala livre de móveis. O espaço era tão grande que consegui dar quatro estrelas seguidas. Também nos cansamos de brincar de eco na sala de visitas. No primeiro ano de casa nova, nossas festas foram no salão do condomínio. Comemorações separadas, embora as datas de aniversário fossem seguidas — Roberta no dia 15 de janeiro e eu no dia seguinte. Uma mudança, um marco: na antiga casa, as festas eram sempre juntas. Quem diria que dali a menos de vinte anos mamãe não estaria mais presente em nossas comemorações? Às vezes, quando penso nesse apartamento, vem forte à memória a imagem dela deitada na cama, uma das enfermeiras ao lado, e mamãe, que a essa época emitia olhares profundos e sílabas tortas: *"quer sair"*. Retruquei com uma pergunta, sem me dar conta que é assim que se faz com criança. "Quer sair pra onde, mãe?" "Passear", o que era nítido pra mim talvez soasse embolado para os outros. Não tínhamos comprado cadeira de rodas, a imobilidade dela era recente, mas não tive dúvidas: possuíamos a cadeira de banho e higiene e pensei que ela seria útil. Depois de arrumar mamãe com ajuda da enfermeira, coloquei-a sentada na cadeira e fomos para o elevador. "E os vizinhos, o que vão dizer? Essa cadeira não é pra passear...", papai, que não percebera a movimentação pela casa, reclamou só quando apertei o botão do elevador. "Vão dizer que estamos levando mamãe pra dar uma volta, ué?" Colocamos mamãe no carro, afivelei o cinto de segurança e lá fomos nós para o último passeio que ela deu pela cidade: viu os casarões da avenida Koeller; a casa da Cultura Inglesa e o Colégio Ipiranga — onde estudei por tantos anos — na rua da Imperatriz; o movimento de pedestres na rua do Imperador que os petropolitanos chamam de Avenida; a rua Teresa, onde ela trabalhou na fábrica de roupa de cama, mesa e banho. Reconheceu o prédio verde da loja em anexo que vendia à pronta-entrega e o da confecção, ao fundo. "Olha, mãe, o letreiro da confecção. Tá bonito, né?" Dirigi até nossas antigas casas, na Castelânea e no Valparaíso, nessa última tomando cuidado para não cruzar a rua em frente ao hospital, onde mamãe morreria duas semanas depois do passeio. Quando alguém diz *casa*, é no apartamento do Edifício Barão que eu penso.

17.

Segredos são comuns em todas as famílias. Na minha, havia um excesso. Consigo avaliar em retrospecto, olhando hoje para minha infância e adolescência. Não tive perspicácia, menos ainda maturidade para perceber mais cedo essa faceta familiar, não antes de me enredar nesse novelo. As pequenas mentiras eram a forma que meus pais encontravam de nos proteger do mundo, de nos manter a salvo no ninho — as mentiras-protetivas, como eu as apelidei nas conversas com a terapeuta. A adoção não foi a única mentira. Havia outras. Havia muitas. Em graus diferentes: ocultação total, parcial, verdade distorcida, reconto, versões modificadas da verdade; todas com o claro objetivo de blindar a mim e a Roberta. As mentiras eram como os bibelôs colocados na estante da sala: frágeis.

Faz muitos anos, mas lembro bem de quando uma delas veio à tona e me magoou profundamente. Uma professora da escola faltou em cima da hora e não houve tempo para substituí-la, então ficamos com um horário vago logo após o recreio. Eu tinha catorze anos, cursava a oitava série. Minhas amigas e eu estávamos numa fase em que adorávamos conversar sobre temas espirituais e fantasmagóricos. Decidimos fazer a brincadeira do copo no pátio da escola. Éramos seis meninas. Anotamos as letras do alfabeto em pedacinhos de papel, dispusemos todos em um círculo e colocamos, nos polos, um papel escrito SIM e outro escrito NÃO. No centro do círculo, um copo vazio virado de cabeça para baixo, no qual cada uma de nós colocaria um dedo sem fazer força. Nos concentramos para convidar um espírito a entrar no copo. A primeira pergunta quem fez foi a Aninha:

"Espírito, você está aí?"

E o copo caminhou para o sim.

"Você é do mal?", perguntei com cautela.

O copo foi até a extremidade sul para nos dizer que não. Continuamos a fazer perguntas por algum tempo até que o interesse minguou e paramos. A conversa, entretanto, continuou mórbida: discutimos quem seriam os espíritos que topavam participar da brincadeira. Cada uma foi contando histórias pessoais fúnebres, a Elisa lembrou da morte de três parentes em um acidente de carro, outra amiga falou de uma prima que se afogou no mar. Foi então que, por acaso, a Aninha desvendou uma mentira-protetiva da minha família.

"Triste mesmo foi a morte da tia Wanda, que se jogou do terceiro andar do prédio, coitada."

Tia Wanda era mais uma das minhas muitas tias de consideração, amiga de longa data da minha mãe. Ela trabalhava promovendo excursões a shows de rock, peças de teatro e outras atrações culturais no Rio de Janeiro e, por isso, era conhecida pelas famílias petropolitanas. Morrera havia dois anos. Meses antes de morrer, tinha me levado para ver uma banda de rock no Canecão.

"Não, Aninha, você está enganada: a tia Wanda morreu quando foi pendurar uma samambaia no banheiro. Bateu a cabeça no bidê e morreu."

Eu recordava o dia da morte da tia Wanda: minha mãe tinha me buscado na aula de jazz, de lá fomos direto para a Beneficência Portuguesa porque ela recebera a notícia de que sua amiga tinha se acidentado. Acidente, o termo que mamãe usou. Fiquei dentro do carro no estacionamento do hospital porque menores de idade não podiam fazer visitas aos pacientes depois de um determinado horário. Minha mãe foi ver o que se passava com sua amiga. Quando voltou, me contou a versão que eu conhecia: tia Wanda tinha batido a cabeça no bidê ao pendurar a samambaia no banheiro, o corte tinha sido profundo e, infelizmente, ela não tinha resistido. Choramos abraçadas.

As mentiras eram sempre bem fundamentadas. Se mamãe não fosse dona da fábrica de roupa de cama, mesa e banho poderia ter ganhado a vida escrevendo roteiros para novelas e seriados de TV. Para mim, fez todo o sentido tia Wanda querer pendurar uma samambaia no banheiro porque quem conhecia a casa dela sabia que se tratava de uma minifloresta, com plantas em todos os cômodos. Era crível escorregar em alguma superfície úmida do banheiro e bater a cabeça no bidê.

"Não, Renata, nada disso. A tia Wanda se suicidou. Minha mãe me falou que ela tava doente, com uma depressão profunda, essas coisas".

Fiquei em choque. Voltei para casa a pé, o caminho dedicado a pensar na tia Wanda e na tristeza de ela ter tirado a própria vida. O que a fez desistir? Qual a origem dessa renúncia? Em casa, quando fomos almoçar, perguntei diante da mesa posta:

"Por que ninguém nunca me contou que a tia Wanda se matou?"

O braço do meu pai estava no meio do trajeto para pegar a colher de servir. Estacionou de imediato. Ele teria se engasgado se já estivesse comendo. Olhou para a minha mãe que, estática, olhava para mim.

"Quem foi que te falou isso?"

"*Quem* me falou isso? Jura, mãe, que o que importa pra você é saber *quem* me contou? Não importa *quem* falou. Importa é o que *vocês* me falaram. E *vocês* me falaram uma mentira. Por que vocês inventaram essa história ridícula de ela ter batido a cabeça no bidê?"

O silêncio constrangedor ecoou por segundos na mesa.

"Porque pensei que era uma coisa triste demais para te contar", mamãe alegou, enfim.

"Mãe, não é você que sempre diz para a gente não mentir? Por que, então, vocês mentem?"

"É, filha, você tem razão. É que você era pequena."

"Pequena? Eu tinha doze anos."

"Esse é um assunto difícil."

Tudo era assunto difícil para eles. Morte, sexo, homossexualidade, tudo era tabu. E tabu é um imã para as mentiras. Até menstruação era um tema de que pouco se falava dentro de casa. Passei bastante tempo escondendo meus períodos, saindo sorrateira do banheiro, jogando os absorventes usados direto no lixo da cozinha, às vezes até colocando mais lixo por cima para evitar que os outros moradores da casa percebessem que eu estava menstruada. Muitas das minhas amigas adolescentes sentiam vergonha e escondiam das outras pessoas os sinais da menstruação, mas, para mim, não era vergonha. Era obrigação. Ninguém me ensinou a fazer isso. Ninguém me disse que era preciso fazer desta ou daquela forma. É por instinto que se aprende as leis do tabu. Mentir — ou omitir, como eles preferiam nomear — era instintivo em casa.

No dia que descobri a real causa da morte da tia Wanda, concluí que pelo menos mamãe tinha contado sobre a morte. Pior foi quando meu avô paterno morreu de uma doença cardíaca aos 81 anos. Eu tinha seis, e me disseram: o vovô Miguel foi viajar. Não sei como se conta para uma criança de seis anos que alguém querido morreu, mas sei que não se mente dizendo que a pessoa foi para algum lugar de onde se pode retornar. Na minha cabeça de criança, imaginava que ele voltaria cheio de histórias e presentes para mim e para a minha irmã. E ele ficou viajando por não sei quanto tempo até que um dia a ficha caiu e percebi que não era viagem. Era a morte.

As mentiras eram como novelos intermináveis de uma lã sem ponta. Se ninguém cortar a machadadas a rede das mentiras-protetivas, basta piscar para a corrente ganhar novos elos, apoderar-se das gerações seguintes. Quando mamãe morreu, meu pai não queria contar para o meu sobrinho, então com sete anos, que a avó morrera. Queria aplicar o golpe da viagem no menino. Quando percebi que minha irmã estava embarcando na história, virei a ovelha negra da família:

"Se vocês não contarem pro Mateus, eu conto."

Era inacreditável que depois de tudo que a gente tinha passado, com tantos segredos tardiamente revelados, tanta mágoa despejada nos travesseiros e dor armazenada nas nossas memórias, meu pai ainda se dispusesse a alimentar o ciclo. O que o Mateus iria pensar? Que a avó que gostava tanto dele, que o buscava na escola e que sempre o levava para passear tinha desaparecido? Desistido dele? Que não o amava mais?

18.

No dia do enterro da minha mãe, fez sol. O céu estava azul num tom anil roubado de uma paleta de cores. Nenhuma nuvem. No entanto, deveria ter chovido.

Fazia calor como em quase todos os dezembros dos vinte e seis anos em que chamei de mãe aquela que agora repousava num caixão de madeira escura e polida. Por alguns minutos, eu a observei de longe, sentada em uma cadeira posta por alguém no canto da sala do velório — alguém que também queria desesperadamente escapar da situação de velar um amor deitado. Não aguentava mais ver os olhos fechados de mamãe. A boca sem fala, as narinas com dois tufos de algodão enfiados lá no fundo para ficar mais discreto, e que mesmo assim eu via. Era a primeira coisa que eu via, aliás. Antes mesmo de enxergá-la, eu via os algodões brancos, como se meus olhos corressem direto para a tamponagem que fizeram no defunto — e o defunto era a minha mãe. Não eram as fibras do algodão que impediam a passagem de ar, eu sabia. Era o ar que não entrava mais no organismo que parou de repente. Cada um tem a sua hora, a dela foi às cinco e dez de 10 de dezembro de 2001.

Depois de tudo, do torvelinho que foi o fim da tarde e o começo da noite, conseguir dormir foi surpreendente. Pouco, porém fechei os olhos e descansei deitada na cama — e me senti culpada. Por tanto e por nada, por ter feito umas coisas e deixado de fazer outras. Já não era mais ela naquele corpo, já não era mais eu nas minhas atitudes. Descansei e acordei enxergando culpa para onde quer que eu olhasse. Não foi um descanso como o dela. Ela não vai *descansar*, não vai *viver* em nossos corações. Ela morreu. As pessoas gostam de suavizar a morte. Não poupam eufemismos para evitar dizer que alguém morreu. Preferem *faleceu* porque é mais polido, mas a verdade é que já era. Eu sabia que dali em diante só iria me referir a ela no passado: ela gostava de bolo de laranja, ela fazia todas as comidas de que eu gostava num único fim de semana em que eu vinha do Rio ou de São José dos Campos, e ai de mim se não provasse um pouco de cada. Às cinco e nove, ela estava viva. Às cinco e dez, não estava mais.

O padre tinha acabado de sair e abençoar o corpo morto da minha mãe e absolvê-lo de seus pecados. Não há o que perdoar, mamãe, gostaria de ter dito a ela. Em vida, claro, porque depois de morta eu disse nas diversas vezes que me posicionei ao lado do caixão. Fui arrancada dos meus devaneios quando um homem, que parecia ser um funcionário do velório, pegou a tampa do caixão, antes recostada ao lado da dezena de coroas de flores com dizeres de *saudade* e *vida eterna*, e fez movimento de ir cobrir minha mãe. Logo ela, que sentia claustrofobia ao entrar em elevador.

"Não", eu disse, num tom bem acima do que deveria.
Dei alguns passos firmes na direção do rapaz.
"O que é isso, Renata?"
"Não quero tampa nenhuma na cara da minha mãe, pai."
"Rosto", papai corrigiu, por costume.
"É, pai, rosto", mamãe com certeza preferiria que eu tivesse dito rosto.
"Mas, filha, é preciso fechar o caixão. Daqui a pouco, é o enterro..."
Silenciei.
"Só mais cinco minutos, por favor."
Aquela gente que estava aglomerada na sala do velório desceu as escadas rumo ao térreo. Mamãe era uma pessoa querida. Mais de cem pessoas aguardavam a saída do corpo na pracinha em frente à funerária Ruy Ligeiro, nome estranho para uma funerária, sempre achei, no entanto, no dia ensolarado de tristeza isso sequer passou pela minha cabeça.

Fiquei de pé, ao lado do meu pai vivo e minha mãe morta no caixão de madeira escura e polida na sala cheia de cadeiras vazias. Poucas pessoas ainda conversavam na antessala do velório, eu ouvia o barulho de fundo e aquilo me irritava. Quando outro funcionário terminou de tirar a última coroa de flores, *Saudades para sempre* em letras douradas (que ela teria odiado), pedi ao meu pai: deixa eu falar uma última coisa a sós com a mamãe? Ele assentiu com a cabeça, passou a mão na testa de minha mãe num gesto de despedida, deu um beijo em seu rosto gélido, e saiu da sala. Juntou-se à Roberta e ao grupo de pessoas que estavam na praça à espera do enterro — eu mal tinha notado a presença da minha irmã no velório. Então ficamos só eu, minha mãe e o caixão sem tampa. Me aproximei, toquei as mãos unidas na frente do corpo. Olhei mais uma vez os olhos fechados dela.

"Todo mundo estava de sapato, mãe, fiz questão de reparar. Só o filho da dona Judith que veio de tênis, mas ele ficou pouco tempo, disse que precisava ir embora. Eu quase falei para ele que não se deve ir de tênis ao velório das pessoas. É falta de educação, você sempre me dizia isso, mãe. Acabei não falando nada porque achei que deixaria ele constrangido e fiquei quieta. É um menino bom, você diria. Você me desculpa? Você sabe que é a minha mãe de verdade e que eu sempre fui sua filha, não sabe? Eu te amo, mamãe. Eu sempre te amei. Nunca deixei de te amar, nem quando eu me afastei."

Ajeitei o blazer quadriculado, o favorito dela, que escolhi para a cerimônia de despedida. Passei a mão sobre a bochecha e tirei um pingo d'água da pele fria que nunca mais vou tocar. As flores brancas que emolduravam minha mãe no caixão exalavam um cheiro forte, nauseante, e me faziam querer ir embora. Tirei minha outra mão de cima das suas mãos geladas, não pude deixar de reparar mais uma vez no formato ovalado das unhas, tão diferentes das minhas, quadradonas. A mão pequena, delicada, os dedos curtos. O dedo anelar esquerdo tinha uma leve deformação provocada pelos quarenta e um anos de uso da aliança — fiz carinho nessa pequena depressão na base do dedo e senti a rajada de choro descer pelo meu rosto. De parecido mesmo, só tínhamos o nariz. O nariz que me levou a acreditar por quase a vida toda nessa maternidade.

"Tchau, mãe", disse em voz alta ao me recuperar do choro contido até ali. Beijei de leve a bochecha fria, olhei minha mãe morta pela última vez e saí. Nunca mais comprarei margaridas brancas. Avisei ao funcionário com quem eu havia gritado pouco antes que tinha terminado de me despedir. Assim fui chorando procurar meu pai que não tinha chorado. Há tanto escondido nessa família que o mais provável seria que não o tivesse visto chorar.

E mamãe, que segredos ela carregou para o túmulo?

19.

Na semana anterior, quando eu não sabia que só dispunha de mais uma semana de convívio com ela, angustiada com a situação da imobilidade e do provável sofrimento pelo qual mamãe estava passando, tentei imaginar o que ou quem poderia estar prendendo o corpo dela à vida terrena. Minha mãe estava bastante debilitada, sem conseguir falar direito por causa da paralisia de parte do corpo que também atingia o rosto. Emitia sons guturais, que eu compreendia, ou me esforçava para tentar compreender — como ela deve ter feito comigo quando eu era um bebê aprendendo a falar, trocando as sílabas, juntando vogais e deixando de lado as consoantes, como fazem as crianças pequenas. Mamãe me contava que eu pedia *áua*, gostava de vestir *beúda e amieta banca* e fazer carinho no *ato*, mesma palavra que eu usava para falar do gato e do mato, como eu chamava a grama. Nunca poderia ter imaginado que os papéis se inverteriam tão cedo, que tão repentinamente seria a vez dela de falar *áua*, um pouco piorado, era só *áááá* e eu aparecer com um copinho na mão para lhe dar água na boca, às colheradas, porque ela tinha desaprendido a sorver.

Toda a alimentação seguia pelas sondas gástricas. Em nada mais o corpo deitado na cama de hospital lembrava aquela Leninha que levantava cedo para levar as filhas na escola, fazia compras de supermercado, descarregava em casa, ia para o trabalho na fábrica, participava de eventos de caridade numa associação filantrópica, ia e vinha o tempo todo, sem parar, sempre levando uma ou mais sacolas, parecendo conseguir fazer tudo o que devia e queria. Hoje me questiono: ela foi feliz com tudo aquilo? Mesmo quando estava fazendo quimioterapia contra o câncer do ovário, ela não sossegava. Diminuiu o ritmo, mas quieta não ficava.

O que a prendia neste corpo inerte? Lembrei do meu primo, Léo, filho mais velho do único irmão já morto de mamãe, e afilhado dela. Ele estava morando em São Paulo. Será ele? Telefonei e pedi que viesse o quanto antes, *se pudesse*. Um eufemismo, porque o tom da minha voz era de *dá um jeito e vem ver sua madrinha logo*.

Uma semana depois a hora dela chegou.
Papai não quis entrar no quarto 624 da Beneficência Portuguesa de Petrópolis. A enfermeira de que eu mais gostava estava de mão dada com a minha mãe. Outras duas estavam no quarto. Não sei se rezavam, o que vi é que falavam algo que se parecia com uma prece. Tão baixinho. Uma delas largou a mão esquerda da minha mãe para eu segurar, eu apertei forte e sussurrei no ouvido: "estou aqui, mãe."

O coração dela bateu fraco por mais cinco minutos. E então parou. Inspirou fraquinho e não expirou mais. O ar que entrou não saiu, morreu lá dentro com ela. Olhei para o relógio digital pendurado na parede. Saí do quarto, abracei meu pai sem dizer nada, e ele entendeu. Dos 63 anos da vida dela, fiz parte de 26, fora os quatro meses e meio em que eu não quis ver nem meu pai nem minha mãe, depois da revelação. O tempo não anda para trás, eu sabia disso. Apertei ainda mais meu pai no abraço até que ele me soltou uns segundos depois e falou que precisava ligar para a minha irmã para avisá-la. Isso, definitivamente, era com ele. Não seria eu a ligar para quem tinha ido apenas uma vez ao hospital na última semana da vida da mamãe.

20.

A fraternidade nunca foi um sentimento frequente em nossa casa. Talvez pela falta de espelhos: descobri bem depois da morte da minha avó Tatta, mãe do meu pai, que ela tivera irmãos. Para mim, vovó era filha única até eu encontrar a carta do irmão dela, que morava em outra cidade e escrevia para ter notícias. Dizia, no começo, em caligrafia desenhada, "Minha bôa irmã", com o "m" pomposo e o circunflexo de tempos remotos. Tampouco costumava ver meu pai e os irmãos dele juntos, a não ser nos almoços de Natal. Nunca vi os *Quatro Gês* — Gerson, Germano, Gervásio e Geraldo — se relacionarem com a afetividade que, anos depois, compreendi ser desejável que irmãos partilhem. Já mamãe, que assumia uma postura firme em relação a tudo na vida, exercia seu domínio na casa do tio Caçula, cujo apelido dizia muito sobre sua personalidade. A relação deles não era de afeto e compreensão; tinha mais a ver com autoridade e medo: ela mandava, ele obedecia.

O significado de irmão todo mundo sabe. Por extensão, poderia ser também alguém a quem se liga para um fim comum ou uma ajuda mútua, ou ainda, a quem se considera unido por sentimentos fraternos. Entre mim e Roberta, nem uma coisa nem outra. Não nos sentíamos irmãs uma da outra, nunca fôramos irmãs, embora não soubéssemos antes. Falo por mim, no entanto, sei que ela também se sentia minha não-irmã. Sempre houve essa artificialidade no entorno que nos afastava, como dois polos positivos de um ímã se repelindo infinitamente. Uma barreira invisível que impedia a aproximação. Não éramos irmãs de sangue, muito menos de consideração. Nós nos tolerávamos até o dia em deixamos essa obrigação de lado.

Na infância, eu dedurava as implicâncias dela para os meus pais só pra ela levar bronca. Ela se irritava quando as amigas da escola me achavam fofa, bonitinha só pelo fato de eu ser menor, porque queria que as meninas me vissem como ela me via: uma pirralha. Se alguma coisa dava errado para uma, a outra dizia "bem-feito" com todas as letras.

A tolerância acabou quando eu comecei a perceber a forma como ela manipulava as pessoas à sua volta, e eu demorei para notar. Durante a semana, nossa casa ficava sempre cheia de gente, porque era um endereço central e porque nossos pais gostavam de acompanhar de perto as nossas amizades. Roberta e os amigos voltavam a pé da escola e passavam a tarde à espera dos pais deles, que saíam do trabalho no começo da noite e passavam lá em casa para buscar os filhos. Era festa. Quase sempre, quando eu estava na cozinha preparando um lanche para mim, ela pedia: "Faz pra gente também, por favor?", o *por favor* dito num tom amoroso que ela empregava quando havia um interesse envolvido — um tom amoroso jocoso. Eu fazia minipizzas e sanduíches e levava no quarto para a turma dela, as amigas agradeciam com educação, já ela, falava "obrigada, agora xispa daqui", e não só fechava a porta nas minhas costas, como trancava com chave.

Quando houve a mudança de irmã-heroína à vilã, o abismo entre nós se abriu mais e cedeu. Isso aconteceu na época em que o clima geral da casa ficou conturbado, eu pré-adolescente, ela pré-adulta, e os problemas dela (cujos detalhes eu desconhecia ou não me interessavam) preocupando nossos pais.

"Roberta, onde está o meu relógio?", mamãe lançava a pergunta.

"Oi? Hã?", sempre cínica.

"Tenho quase certeza de que pus ele no porta-joias da cômoda ontem, logo que cheguei em casa, Roberta, e você viu porque eu fiz isso quando você estava falando comigo sobre a festa da Catarina", mamãe entrava na discussão com o tom de voz já elevado, e minha irmã, sonsa, debochada, fingia que não sabia de nada, como se nunca tivesse visto relógio, porta-joias, a cômoda, a casa.

"Não vi nada não, mãe. E quase certeza não é certeza, certeza."

"Roberta, não se faça de boba. Você pegou? Devolve agora ou eu vou ser obrigada a contar tudo pro seu pai."

O descontrole era evidente, e sempre havia essa necessidade de falar do papai, como se ele, e apenas ele, fosse autoridade ali.

"Conta, ué!? Eu nem sei de que relógio você tá falando."
O receio deles era pelo envolvimento dela com drogas, o que só fui entender anos mais tarde. As discussões eram cada vez mais frequentes, por tudo ou por nada: atrasos, combinados não cumpridos, má companhia, ou o que meus pais consideravam má companhia. A falação entrava pela madrugada, quando então eu torcia para que eles sumissem, todos. Desejava morar em outro lugar, pertencer a outra família, sem nem desconfiar que isso poderia ter acontecido. Odiava a maneira indiferente da minha irmã ao lidar com as coisas, como se nada a afetasse, a magoasse. Sentia repulsa pelo egoísmo dela. O que mais me enfurecia, no entanto, era o fato de que nossos pais cediam às chantagens emocionais que ela fazia. "Se vocês não me emprestarem o carro no fim de semana, vou trancar a faculdade". E a chave do carro da mamãe aparecia sobre a escrivaninha dela, mesmo depois de ela ter batido o carro zerinho que ganhou de aniversário e de ter emprestado o carro substituto que ela ganhou pouco tempo depois para o namorado, e ele ter se acidentado em uma curva fechada e caído no rio com o carro dela. "Se eu não puder viajar com o André pra Cabo Frio, não vou mais fazer terapia." Ou "não vou mais tomar remédio." Ou qualquer outra coisa que a Roberta soubesse que eles queriam que ela fizesse.

Diante de tantas situações complicadas, só me restava tentar ser o oposto. Se ela não gostava de estudar e não levava a faculdade a sério, eu estudaria bastante. Se ela gostava de cigarro, eu optaria por não fumar. Assim a distância ia se agigantando entre nós. Eu cultivava uma raiva crescente porque, para mim, era por causa dela que eu não via espaço para falar dos meus problemas, das coisas que me angustiavam. Minha terapeuta uma vez me perguntou se eu falaria abertamente com meus pais sobre meus conflitos da adolescência se as questões da Roberta não saturassem tanto a família, como eu sempre alegava. Imagino que se eu tivesse espaço para ter conversas mais reservadas com meus pais, era bem provável que escolhesse não falar nada, mas ah..., como era bom poder usar a Roberta como desculpa para as coisas ruins que me aconteciam!

Lembro do dia em que cruzei com minha irmã e duas amigas na Dezesseis de Março, a rua do bochicho petropolitano, e, para minha vergonha, minhas amigas também presenciaram a cena escandalosa que se deu: Roberta me obrigou a tirar os brincos dela no meio da calçada, gente passando, criança falando, cachorro, buzina, moça com sacola na mão, o funcionário da loja popular gritando "ó o descontão" nos nossos ouvidos. Quando eu ponderei que havia deixado um bilhete na escrivaninha dela, conforme nosso combinado, ela fez que não ouviu.
"Foda-se, o brinco é meu, tira já."
"Mas eu vou ficar sem brinco?"
"Problema seu, não meu. Tira! Tira logo!"
Tirei, voltei para casa de orelhas nuas, e, à noite, contei para mamãe, que perguntou a ela se havia necessidade para tanto.
"Isso, protege mesmo a *sua* filhinha", ela debochou.

Esse era um linguajar bem usual — *sua* filhinha. Não só direcionado à mamãe, como também ao meu pai, quando ele entrava na conversa com intuito de me defender. No dia em que liguei para minha irmã, para questioná-la sobre a adoção, era no que eu mais pensava: ela sempre me tratou como "a filhinha deles", o desdém agarrado ao som daquelas palavras. Ela sabia que eu tinha sido adotada? Será que ela achou que apenas eu era filha adotiva? Ela dizia não saber de nada, mas não sei se consigo acreditar.

Logo que a Roberta começou a namorar o cara que viria a ser o pai do Mateus, os rompantes aumentaram. Tudo estava na mais perfeita ordem num segundo para, no segundo seguinte, o mundo desabar de vez e sem conserto. Era tudo ou nada, uma montanha-russa de humores complicada de administrar. Foi quando ela recebeu o diagnóstico de bipolaridade. A partir daí, os altos e baixos se sucederam em progressão geométrica. Dar bom dia aos meus pais deixou de ser meramente um gesto retórico. Ao cumprimentá-los de manhã, eu sabia que no fundo eles pensavam: será que hoje vai mesmo ser um dia bom?

Depois que Roberta se casou, mamãe passou a sofrer pelo desconhecido, pelo que não via. O que os olhos não veem, o coração sente sim, e muito. Será que ela foi à terapia? Será que tomou os remédios? Está em casa com o marido ou eles saíram com alguém? Com quem? A qualquer momento, meus pais esperavam uma ligação noticiando o pior. Roberta tomou uns chopes a mais e fez algum escândalo. Ou saiu sem pagar a conta. E se eu alegasse que não era mais uma preocupação deles, ou só deles, eles repetiam a frase que virou o mantra dos anos seguinte: "ah, coitada, ela é doente!"

O-que-aconteceu-com-a-Roberta, onde-está-a-Roberta, vou-ligar-pra-Roberta, preciso-ir-à-casa-da-Roberta, Roberta, Roberta, Roberta. O dia a dia era sufocante demais até para mim, que tentava me distanciar das situações que envolviam a minha irmã. Por isso, me pareceu natural que, depois de conviver anos com essa aflição, dia e noite, eu visse no vestibular a possibilidade de me livrar de tudo. Eu não queria mais morar em Petrópolis. O Rio seria o começo do meu afastamento, físico e geográfico.

Casa 6

No começo, eu convivia com a impressão de estar de férias no meu novo lar, o apartamento 502 da Visconde de Pirajá, edifício Aquarius. Aos poucos, o ponto de referência das minhas férias de verão foi se tornando meu primeiro endereço com alguma responsabilidade: se esquecesse de trancar a porta, dormiria sob o risco de acordar no susto; se não comprasse comida, ficaria com a geladeira vazia, o que, de fato, acontecia com certa frequência; se não apagasse a chama do aparelho de gás que ficava dentro do banheiro, poderia morrer intoxicada. Vivi por quatro anos a duas quadras da praia, a seis da Lagoa e a cinco da rua Nascimento Silva, 107. Lembro do tempo feliz, ah, que saudade, Ipanema sempre foi felicidade; lá, não só o amor, mas tudo doía em paz. O caminho para chegar ao apartamento da rua Visconde de Pirajá, contudo, foi longo — bem mais que passar pelos desníveis da Perimetral e do Viaduto Paulo de Frontin, cruzar o túnel Rebouças até a Lagoa, quebrar à esquerda na primeira saída para Ipanema, dar de cara com o Polis Sucos. Foram quase dois anos de um ir e vir entre a serra, a Linha Vermelha, o centro do Rio, a Gávea, desfaz tudo, na ordem inversa e com o cansaço do dia nas costas. Petrópolis, Rio, Petrópolis. Diariamente. Na volta, na Baixada Fluminense, não sei bem o porquê, eu observava o preço do saco de cimento dia após dia. Cinquenta quilos por cinco reais e os centavos variáveis de um local para outro. Instintivamente, ligava o cimento à reconstrução das coisas à minha volta. Depois do pedágio, vinha a Serra dos Órgãos, permanentemente grudada na cabeça. Sabia de cor cada curva para a direita ou para a esquerda, as mais fechadas, as menos, a pressão nos ouvidos, o frio na pele quando já quase chegando em casa. A antiga casa. Me forcei a ler no balanço do ônibus até não ficar tonta. Tinha feito mais amizades com os passageiros recorrentes do trajeto Rio-Petrópolis do que com colegas da faculdade de Jornalismo, com quem papeava apenas nos intervalos das aulas. Era um teste de resistência que papai me impunha, e eu resisti. Mamãe tentou diversas vezes convencê-lo da facilidade de eu ir morar no apartamento de Ipanema. Mas, sozinha?, ele dizia. E ela argumentava que eu era responsável, bem mais que a Roberta, ela nunca deixou de comparar. Um dia, do nada, meu pai me entregou as chaves. Não me olhou nos olhos, não esboçou qualquer sorriso. Estava contrariado e queria deixar claro como se sentia. Avisou que tinha pedido ao zelador que arrumasse alguém para fazer faxina e que tinha contratado um carreto para levar os móveis do antigo quarto de solteira da Roberta para o *Rio*, o nosso apelido para o apartamento. Sem pensar antes de falar, eu pedi que fizesse o contrário: que levasse os móveis do meu quarto de Petrópolis para lá e deixasse os antigos da Roberta no meu quarto *na casa deles*. Naquele dia, meu pai soube que eu não voltaria mais a morar lá. Agora seria para sempre a casa deles e a minha casa, para onde quer que eu fosse. O Rio de Janeiro passou a ser de todos os meses. Logo aprendi a assistir à aula da faculdade com um biquíni e uma canga na mochila. A praia recarregava as energias, o mar lavava tudo, até mesmo o que eu ainda não tinha descoberto porque, no apartamento de Ipanema, eu era filha biológica deles. E foi assim que meus pais aprenderam, de modo um tanto forçado, que era preciso cortar o cordão umbilical. Eu estava ao alcance do telefone somente, e com condicionais: se eu estivesse em casa, se eu atendesse. Me enturmei com os amigos da faculdade e logo inventei um amor. Meu namorado era, que coincidência, um feliz morador do endereço famoso que inspirou Toquinho e o poeta Vinícius de Moraes na canção meio carta ao maestro Tom Jobim. Aos fins de semana, de folga da faculdade, eu queria continuar no Rio para aproveitar um cantinho do céu e o Redentor. As idas para a casa deles se espaçaram para quinze, vinte dias, um mês. A felicidade tinha um sabor exótico, bem diferente do que eu havia experimentado até ali. E tinha nome: liberdade. Ipanema era a minha primeira casa longe deles. De novo.

21.

Depois da notícia, ainda no hospital, um rapaz franzino veio me cumprimentar.
"Meus pêsames, dona Renata."
Sempre achei estranha essa expressão: meus pêsames. Dura, pesada, desnecessária num momento em que tudo já está carregado. Vinha à minha mente a imagem infantil de uma bigorna caindo, a bigorna que sempre atingia o Coiote no desenho do Papa-Léguas. O rapaz me ofereceu uma cadeira e um catálogo com uma capa de couro preta. Abri e eram caixões.
"Posso ajudar a senhorita a escolher, se for da sua vontade."
"Eu escolher? Mas e meu pai? Cadê ele?", eu estava desligada.
"Ficou um pouco tonto, a enfermeira foi medir a pressão dele. Foi ele que me pediu pra falar com a senhorita..."
Larguei o funcionário da funerária sentado e saí correndo pelos corredores. Só pensava que não seria possível perder pai e mãe no mesmo dia, tão pouco tempo depois de eu ter dito a eles o que eu disse. Encontrei meu pai recostado

numa cadeira do ambulatório no mesmo andar em que minha mãe tinha ficado internada nos últimos quinze dias. Ele estava visivelmente cansado, abriu um meio-sorriso quando me viu chegar.

"Pai!"

"Eu tô bem, tô bem. Senti uma dorzinha de cabeça e imaginei que minha pressão poderia ter subido um pouco, mas tá normal."

"Normal não, senhor. Tá alta ainda", a enfermeira corrigiu, "Mas o doutor já passou por aqui e deixou medicação prescrita. Acabei de administrar o remédio. Não deve demorar a normalizar. Enquanto isso, ele fica aqui", ela avisou.

"Muito obrigada", falei gentilmente para a enfermeira e logo me virei, "Pai... poxa! Quando você vai aprender a me falar a verdade?"

Ele mudou de assunto sem se dar ao trabalho de responder.

"Rê, pedi para o rapaz da funerária te procurar."

"Foi ele que me falou que você estava aqui..."

"Dedo-duro duma figa", papai não perdia o humor. "Você vê com ele? Não tenho condições de ver nada disso agora. Você escolhe o que achar melhor..."

"Tudo bem, pai, fique tranquilo. Eu falo com ele. Você fica mais um pouco aqui e descansa até mais alguém chegar. A tia Lenita tá vindo. Eu volto aqui pra te buscar."

Voltei e o rapaz me esperava no mesmíssimo lugar, apático, com o catálogo preto no colo. Não parecia ser a primeira vez que alguém o abandonava no meio de um atendimento. Ele esperava porque sabia que se tratava de uma venda certeira. Não havia como deixar para depois. Abri o catálogo e me assustei. Nunca imaginei que houvesse tantas opções: básico, semi-luxo, luxo, superluxo, premium. Dentro de cada uma das categorias, uns cinco ou seis modelos de cores diferentes, com mais ou menos detalhes entalhados na madeira, alças de tamanhos variados, quase todas douradas, e mamãe não gostava de dourado, achava espalhafatoso. Encontrei um que era de madeira mais escura, com entalhes simples na parte de cima, alças num tom grafite, quase preto. Foi o que motivou a escolha: a ausência de dourado.

Assinei papéis, não só os que o funcionário da funerária me apresentou como também as folhas que a assistente social do hospital me pediu para ler e assinar, e que eu assinei sem ler. Não fazia nem duas horas que minha mãe tinha parado de respirar e eu já tinha comprado um caixão para ela. Súbito, o alarme do meu celular tocou. Era hora de virá-la de posição na cama. Decúbito, como as enfermeiras diziam. Como ela não se levantava mais, o lado esquerdo do corpo paralisado como consequência do tumor cerebral, montamos uma tabela com horários para virá-la na cama e assim evitar o surgimento de escaras. Eu ajeitava as luvas cheias de água debaixo dos pés dela, também com a intenção de melhorar a circulação do sangue pelo corpo inerte. Assinei o cheque para pagar o caixão na hora em que deveria virá-la, mas eu não tinha mais a quem virar.

Há uma burocracia que convive com a morte. O atestado de óbito dizia falecimento decorrente de pressão intracraniana provocada por um tumor cerebral de nome complicado, glioblastoma multiforme, que não era uma metástase do carcinoma de ovário que ela vinha tratando. Dois cânceres consumindo a mesma pessoa. O tumor cerebral foi desastroso: tirou dela parte dos movimentos no último mês de vida. Eu, que tinha pavor desse diagnóstico, nunca tinha pensado no plural da doença.

Sentia uma tristeza enorme por não ter passado a última noite da vida da minha mãe com ela. Estava no meu dia de descanso no revezamento com uma tia e uma prima. Mesmo assim, cheguei cedo ao hospital.

"Como foi a noite?", perguntei para minha prima.

"Ela ficou calma. Dormiu quase o tempo todo."

Peguei um copo descartável e enchi com água mineral. Molhei um chumaço de algodão na água e encostei nos lábios da minha mãe que, embora estivesse acordada, permanecia de olhos fechados. Ao sentir a boca molhada, ela mexeu os lábios sorvendo a água, abriu os olhos bem lentamente e me dirigiu um olhar carinhoso e cansado. O último. Foi essa a última vez que minha mãe olhou para mim e me viu, e que eu me vi no seu olhar. No resto do dia, ela ficou sonolenta, prostrada com a medicação. Não acordava nem quando as enfermeiras chegavam para fazer os procedimentos de rotina. Até que no fim da tarde, a pressão arterial, que se manteve baixa durante a última semana de internação, caiu mais. Dora, a enfermeira a quem mais me afeiçoei nos quinze dias de lida no hospital, me avisou:

"Renata, ela está indo embora. Quer avisar o seu pai?"

Ela passou três horas sentada num canto do pátio, alternando o olhar entre o relógio no pulso, o portão de entrada e o diário que escrevia e no qual, há pouco mais de três meses, tentava desenvolver uma linguagem em códigos. Seu namorado estava demorando demais. O Rapaz havia combinado que a buscaria na escola depois do futebol para irem juntos pedir ajuda primeiro aos pais dele, depois, se ainda tivessem coragem, contar aos pais dela. Como ele consegue ir para a aula de futebol, com tudo isso na cabeça?, a Menina-Moça se questionava. Ela demorou a perceber os sinais da gravidez indesejada: a menstruação estava atrasada há pelo menos três meses, mas a médica não havia explicado que os ciclos poderiam ser irregulares no começo? Se sentia um pouco inchada, às vezes, mas as roupas cabiam, todas. Ainda assim, a Menina-Moça sabia que estava, tinha certeza sem ter confirmação. Há dias queria conversar com os pais do Rapaz que, ela intuía, poderiam ajudá-los a resolver a situação. Eram pessoas mais calmas, mais tranquilas do que os pais dela. Na noite anterior, o namorado finalmente concordou que o caso era sério e que os dois precisariam conversar com algum adulto.

A Menina-Moça tinha menstruado pela primeira vez duas semanas antes de completar quinze anos. Pouco depois, na festa de debutante da melhor amiga, conheceu o Rapaz. Lá, trocaram apenas olhares e algumas palavras. Ele foi galante: fez elogios à pele, naturalmente amendoada, e aos cabelos da Menina-Moça, castanhos e esvoaçantes como a liberdade que ela não encontrava em casa. Ao fim, a pedido dele, trocaram telefones. Era moça de família; a mãe vivia dizendo que ela não podia se dar ao desfrute. Não sabia exatamente o que se dar ao desfrute significava, contudo não ousava questionar a mãe, mesmo se fosse para esclarecer as incertezas que ouvia.

A Mãe da Menina-Moça não gostou nada, nada quando as duas foram a uma consulta e a médica pediu que a mãe aguardasse a filha na saleta de espera do consultório. Onde já se viu tamanha petulância, reclamou para si. Com mais privacidade, a Médica anunciou que a paciente poderia perguntar o que quisesse. A Menina-Moça não era mesmo afeita a essas liberdades. "Como assim, perguntar o que eu quisesse?" O que perguntar ela não sabia, embora hesitasse sobre tantas coisas, principalmente sobre os desejos que sentia, queria compreender por que às vezes sentia uma comichão entre as pernas, algo que se alternava entre coisa boa e coisa ruim, e ela pensava que pecava, e era pecado grande. Coisa que não confessava nem para si, muito menos para o padre. Não haveria ave-marias suficientes. No consultório, se aquietou e ouviu as explicações básicas que a Médica fazia questão de dar às adolescentes que frequentavam aquela cadeira.

Ao sair de lá, sobraram muitas lacunas de informação. Nas semanas que se seguiram ao baile de debutante, a vonta-

de se juntou à pressa e tudo ficou à flor da pele: lábios encostados e beijos estalados num dia, línguas entrelaçadas no outro, mão na cintura ali, um apertão um pouco mais esfogueado aqui, uma sensação de arrependimento, mas a mão dele deslizava tão gostoso no peito dela, como isso poderia ser pecado? E aí, meio sem querer, meio querendo mais, veio a coxa de um colada à coxa do outro num dia de calor, depois o ventre dela a perceber a dureza por baixo da calça dele, e quando apenas os beijos já não satisfaziam mais, e quando as mãos já não podiam só encostar no que os olhos também queriam ver, os dois aproveitaram a casa vazia do Rapaz — os pais dele trabalhando —, e passaram a primeira tarde, de muitas, num amor juvenil bonito de ver.

A Mãe do Rapaz ouviu atentamente a história desconexa narrada de modo afoito pelos dois. Mais por ele, porque a Menina-Moça, de cabeça baixa, quase só chorava e às vezes repetia "eu pensei, eu pensei" sem conseguir completar a frase. O mais importante é que enquanto descreviam suas aflições, a Mãe do Rapaz bem observou, eles permaneceram o tempo todo de mãos dadas. Eles estavam juntos. Isso a comoveu. Quando o Pai do Rapaz chegou em casa e soube da novidade, ensaiou brigar com o filho. A mulher, no entanto, se postou à frente do marido e determinou: é cria nossa e nós vamos ajudá-los. A primeira providência: ter certeza de que havia ali, de fato, uma gravidez em andamento. A Mãe do Rapaz ligou para uma prima ginecologista, narrou brevemente a situação e pediu se ela poderia ver a moça, já alçada à futura nora, com urgência. Foram os três ao consultório da prima — o Pai do Rapaz, ainda transtornado e discordando do rumo que as coisas tomavam, ficou em casa. Perdeu o momento da confirmação de que seria vovô.

A noite seguinte calhou de ser sexta-feira e a Mãe do Rapaz achou que seria uma boa data para um jantar entre as famílias. Ligou em cima da hora para a Mãe da Menina-Moça, fez o convite. Ela pressentiu que não seria um evento comemorativo: tirou do armário um vestido preto com margaridas bordadas, num preto ainda mais preto por toda a extensão da barra.

As famílias se confraternizaram, no princípio. O mais ingênuo à mesa talvez fosse o Pai da Menina-Moça, que pensou se tratar de um jantar de noivado. E, meio às avessas, era mesmo, porque o Rapaz não se furtaria a se casar com a Menina-Moça e assumir a família. Teriam que morar na casa dos pais dele, ou dela, se eles fizessem muita questão, até arrumarem emprego e conseguirem se sustentar. Não era o esperado para um jovem de quase 18 anos e uma moça beirando os 16, no entanto, era o possível para remediar a situação. E o Rapaz parecia feliz até. A Menina-Moça estava tensa e transpirava medo, o que fazia a mãe ter a certeza de que a escolha do vestido era adequada à ocasião.

Ao servir o licor, a Mãe do Rapaz anunciou, sem volteios: "O amor deles, embora jovem, é tão grande, tão bonito. E muito ingênuo. Acharam que não iria acontecer e aconteceu. Vejam vocês: esta mocinha está grávida de quase cinco meses."

O rosto da Mãe da Menina-Moça se transfigurou. Foi com fúria que ela olhou para a filha e, em seguida, para o marido.

"*Eu te disse que coisa boa não era*", gritou levantando-se da cadeira e pegando a bolsa. "*Vamos embora já*", determinou ríspida à filha.

"*Esperem, vamos conversar sobre o que fazer, o futuro deles...*", o Pai do Rapaz contemporizou.

"*O senhor é muito educado, distinto, elegante, mas me perdoe, que futuro? Francamente... Uma desonra, isso sim. O que vejo aqui é uma sem-vergonhice sem tamanho!*"

A Mãe da Menina-Moça abriu a porta antes mesmo que os donos da casa pudessem fazê-lo, sem se incomodar com a falta de modos. Esperou que a filha passasse chorando, com a cabeça baixa e o marido, que se calara desde a notícia, e fechou a porta atrás de si, despedindo-se com um grosseiro "*passar bem*". A taça de licor permaneceu intocada sobre a mesa de jantar.

O Rapaz nunca mais viu a Menina-Moça, que foi mandada no mesmo fim de semana para um convento de freiras, conhecido à boca pequena como Casa da Vergonha. Era para lá que as mulheres que engravidavam de amantes ou as jovens que se perdiam eram levadas, à espera de se livrarem do incômodo, do estorvo que atrapalhava a vida delas.

Ela passou a véspera de Natal com sua barriga imensa, distante do amor proibido, do pai de seu bebê, duas pessoas que ela não veria nunca mais.

Será que foi assim que nossas vidas se separaram?

22.

Contar aos meus pais que eu tinha decidido deixar o Rio de Janeiro para me mudar para São José dos Campos, uma cidade até então desconhecida para mim e para eles, não foi missão fácil. Aos 23 anos, recém-formada, trabalhando na minha área, eu me sentia cada vez mais feliz por ser dona da minha vida. Era um ineditismo que me proporcionava um prazer imenso, atípico. Cuidava da casa, abastecia a geladeira, pagava as contas, poucas, porque meus pais não me deixavam pagar a taxa de condomínio nem a conta de luz, diziam que eles teriam que pagar independentemente de eu estar ou não morando no apartamento deles. Quando eu tentei combinar de pagar um aluguel, foi um deus nos acuda na família. Papai ficou ofendidíssimo, mamãe disse que não era preciso, afinal o apartamento era de todos nós e seria meu por herança. Se era de todos nós, por que eu não fui morar lá logo no começo da faculdade? Com medo do impasse do aluguel me levar de volta a Petrópolis, me aquietei. A questão era pra que deixar de morar em uma capital, com praia, com apartamento próprio, emprego garantido, para me aventurar em uma cidade do interior, que eu não conhecia, onde teria que pagar aluguel, gastar mais... A ideia não entrava na cabeça da minha mãe.

"É exatamente por isso, mãe, para conhecer, pra me desafiar, fazer coisas novas, conhecer gente", demonstrei meu entusiasmo. E pra escapar de Petrópolis. Pensei, não disse.

Do meu primeiro dia de trabalho em São José dos Campos não me lembro de quase nada. Apenas que foi ali, em uma redação nova para mim, que conheci meu futuro marido. Ele havia chegado de São Luís do Maranhão quinze dias antes para ser editor. Eu aterrissava naquela manhã ensolarada e fria do fim do outono para ser produtora dos jornais locais. Antes, tinha trabalhado durante um ano como produtora de um dos principais telejornais do país, e daí vinha a chateação da minha mãe por eu ter deixado um apartamento que era meu e um emprego no Jardim Botânico, aonde eu chegava em vinte minutos de ônibus. "E de ônibus", ela fazia questão de dizer, "porque você prefere assim. Seu pai e eu poderíamos lhe dar um carro". Todas as vezes em que ela me dizia isso, e foram muitas, eu respondia, ora com mais ora com menos raiva: "sei disso, mãe. Sei disso porque vocês já deram cinco carros para a Roberta e ela bateu todos, ou emprestou para alguém que bateu, e vocês sempre repunham o carro, como se fosse um pacote de arroz que faltava na despensa. Por que não dariam um pra mim?"

A redação era jovem. Havia pessoas recém-chegadas, outras ainda negociando contrato, praticamente toda semana aparecia um novato. Era tanta gente vinda de fora que debochávamos que a corretora de imóveis mais parecia funcionária da redação — não faltavam clientes para ela na nossa torre de Babel. Nos enturmamos e logo combinamos de jogar boliche todas as quintas depois do expediente.

Acredito que tenha sido numa dessas saídas que eu, então noiva, e Fred, então casado, percebemos que tínhamos pouquíssimas coisas em comum, mas que ainda assim talvez pudéssemos ser mais que amigos. Por ora, éramos apenas colegas de trabalho dividindo chopes e batatas fritas — no máximo, uma ajudinha aqui e ali para aprender a melhor maneira de segurar a bola de boliche.

O noivado era anterior à vontade de me mudar. A mudança, por sua vez, poderia ser encarada como uma fuga. Uma ocorrência de quando eu ainda morava no Rio me deixou em alerta. Naquele dia, saí cedo para o trabalho, como de costume, e mais tarde liguei para casa, para falar com a diarista que tinha ido fazer faxina no apartamento. Era uma ligação para tratar dos afazeres domésticos.

"Renata, chegaram umas flores aqui pra você. Eu recebi, mas não encontrei um vaso, então deixei com água no tanque", ela me avisou.

"Tá bom, Marialva. Não esquece de dar uma arrumada no armário do banheiro e limpar o quarto dos meus pais porque eles devem aparecer no fim de semana, tá?"

"Tá certo. Ah, Renata, o cartão que veio com as flores eu deixei em cima da mesa da cozinha. Tirei do pacote pra não molhar."

"Ok, Marialva, obrigada."

Terminada a ligação, pus o telefone no gancho e mandei uma mensagem para o meu namorado pelo sistema de mensagens diretas no *software* que usávamos no trabalho: "Obrigada pelas flores!". Quinze minutos depois, veio a resposta: "Flores?? Que flores?????". O excesso de interrogações já dava a pista de quão caótico o resto do meu dia seria. Ele queria saber quem tinha mandado as flores, mesmo depois de eu ter explicado que não sabia, que não tinha sequer visto as flores, que soube da chegada do buquê pela diarista e que imaginava que eram um presente dele, por isso o agradecimento imediato.

Saímos juntos da redação — ele pediu para sair uma hora mais cedo porque queria ir comigo ver o cartão. Deixei claro que se ele olhasse o cartão antes de mim, nosso relacionamento estaria terminado. Chegamos ao prédio onde eu morava em Ipanema, subimos no elevador sem trocar palavra, abri a porta e vi, primeiro o cartão, depois as flores. Eram lindas, aliás: um enorme buquê de flores do campo coloridas e girassóis imensos em destaque. Presente de um editor da emissora de Curitiba, com quem eu falava diariamente por telefone e somente a trabalho, agradecendo a parceria em uma série de reportagens que tinha ido ao ar na semana anterior. O recado era simples, nada estarrecedor, porém com o excessivo pronome possessivo "minha querida", e o complemento: "adorei participar deste trabalho com você".

Confesso que não gostei da atitude do cara. Eu não o conhecia pessoalmente e, se ele quisesse me agradecer por uma parceria de trabalho, que mandasse as flores para a redação, de preferência com um bilhete dirigido à equipe e não apenas a mim. Era abusado demais mandar para o meu endereço que, aliás, eu desconhecia como ele havia conseguido. O que mais me incomodava naquele momento, no entanto, era o sentimento de posse que meu namorado despejava sobre mim. Mal terminei de ler, ele tomou o cartão da minha mão como quem acredita cegamente que fazer aquilo é sinônimo de *cuidar de mim*. Dois meses depois, aceitei o pedido de noivado do homem que achava normal arrancar bilhete da mão da namorada para ler o que estava escrito.

Mamãe nunca soube desse capítulo da minha história. Talvez por isso tenha se chateado bem mais do que eu quando o noivado se desfez. De todo modo, eu sentia que ela sofria o impacto de cada decisão minha que não passava mais por ela.

Terminei o noivado e terminei mal terminado. Por telefone. Não quero mais. Me sufoca, me atrapalha. Eu estava feliz em São José dos Campos, sozinha, livre, e não queria fazer risquinhos na parede para contar a passagem dos dias, como uma prisioneira do noivado. Não tinha interesse nenhum em fazer contas de quantos meses faltavam para eu voltar para o Rio, porque — e talvez eu não tenha avisado isso a ele com clareza — eu não fui com a intenção de voltar. Poderia acontecer, ou não. Eu queria viver um dia após o outro. E a cada vez que eu encontrava meu noivo, tivesse ele ido a São José dos Campos ou eu ao Rio de Janeiro, o primeiro assunto dele era, inevitavelmente, "agora só faltam onze meses", quando havia passado um mês na cidade nova, "agora só faltam dez meses", quando haviam se passado dois. Não esperei a contagem continuar. A regressiva seguiu na cabeça dele. Se em algum momento eu falei que precisava ficar pelo menos um ano foi unicamente para poder tirar férias, algo raro nos últimos tempos com as emendas de um estágio no outro, e depois de um estágio que virou emprego.

    O fim do noivado coincidiu com o fim do casamento do Fred, que não suportou a distância entre os santos, José e Luís. De companheiros de fossa, passamos a companhias frequentes no cinema, no boliche, no bar. Em algum momento nesse intervalo, percebi que era com ele que eu queria estar. Na mesma época, lembro de quando convidei minha irmã para passar uma semana na minha casa, numa das poucas tentativas de reaproximação que fiz, muito antes de saber que éramos quem somos. Ela foi e eu a levei para conhecer a redação. No momento em que ela passou pela porta, Fred a viu e pensou: "elas não são irmãs. Não podem ser." Claro, só confessou isso a mim muitos, muitos anos depois — quando já estávamos casados.

Casa 7

Aos olhos deles, talvez eu tivesse a ingenuidade que os pais quase sempre atribuem aos filhos. Ao me olhar no espelho, no entanto, não enxergava essa ingenuidade em mim. Eu via vontade, o ímpeto que me fazia seguir adiante. Articulava a distância milimetricamente. Primeiro, a distância possível, a faculdade fora da cidade natal. Depois, a ida de vez para o Rio — até conseguir, enfim, ir morar sozinha. Era um passo apenas, não o suficiente: o apartamento de Ipanema era deles e volta-e-meia eu era convocada a ir para Petrópolis por algum motivo que mamãe inventava, tentando disfarçar a necessidade que eles tinham de não me perder para o longe. O longe. Eu buscava o longe. Até o dia em que o telefone tocou e o alô foi dito por um editor do Recife com quem eu conversava quase todos os dias a trabalho, na redação do Rio. O editor me contou que tinha se mudado para São José dos Campos e estava formatando uma nova equipe na emissora local. Fui pesquisar a cidade no mapa para ter certeza da localização. Para mim, era o desconhecido. "Renata, estamos precisando de gente nova na produção. Você topa vir pra cá? Contratação imediata!"

Eu teria aceitado o convite por telefone mesmo. Minha chefe na redação do Rio, mais prudente e mais experiente que eu, me liberou de um dia de trabalho para que eu fizesse uma visita à redação distante e lá pudesse tomar a decisão. Foram três horas e meia de ônibus até a cidade do Vale do Paraíba, meus olhos colados à janela, observando tudo o que se passava. As placas de outras cidades se sucedendo até que, enfim, pude ver a placa que eu leria repetidas vezes nos anos seguintes: São José dos Campos, saída 147. Quando o ônibus entrou na principal avenida da cidade, lembro bem de ter pensado: "esta é a minha próxima distância". Um mês depois, desembarquei com móveis, roupas, uma caixa de fotografias e muitos livros encaixotados na frente do prédio de vinte andares da pacata rua Santa Clara, Vila Adyanna. Do apartamento alugado no décimo quinto andar, eu conseguia ver uma enorme área verde com um pavilhão central, que depois soube ter sido construído por Ramos de Azevedo para abrigar o Sanatório Vicentina Aranha. Era o cenário que eu admirava da janela quando liguei para minha tia e fiz a pergunta que iria mudar toda a concepção que eu tinha sobre a minha origem. Minha terra natal estava a 360 quilômetros de distância. Só depois descobri que poderia estar a uma lonjura qualquer. Quando eu poderia imaginar que seria preciso me afastar tanto para só então perceber o óbvio, o que era do conhecimento de tanta gente? Cheguei a São José dos Campos filha biológica dos meus pais e saí de lá adotiva.

23.

Seis meses depois da morte da minha mãe, eu me despedi de Petrópolis mais uma vez. Reencontrei o Fred, meu namorado de idas e vindas em São José dos Campos, que a esta altura estava morando e trabalhando em São Paulo, e resolvemos que era hora de dividir um espaço nosso. Um casamento sem ser, porque eu não tinha estrutura emocional para me casar carregando a ausência dela. Isso ficaria para depois, mesmo que o tempo não fosse capaz de aplacar a falta. Era tudo recente, eu contava os dias sem ouvir a voz dela, ia ao cemitério de Petrópolis quase que diariamente, fazia cálculos matemáticos que demonstravam o percentual de tempo vivido com e sem ela. Tudo isso, claro, sem que meu pai soubesse, porque à maneira dele, ele também sofria. Cada um com seu sofrimento separado, fazendo de conta que estava tudo bem, até a gente repetir tanto essa mentira para si e poder, enfim, acreditar que era verdade.

Em quarenta e um anos de casamento, papai nunca esquentou uma água para fazer chá. Era ela quem fazia: a água para o chá, o pó na cafeteira, o pão aquecido no forno elétrico, todo o resto. A louça do jantar era dele, era quando mamãe tirava os objetos de cima da mesa, recolhia as migalhas, sacodia a toalha no tanque, dobrava e colocava de volta o caminho de mesa com a fruteira por cima. Papai lavava, mamãe enxugava os pratos e talheres e os guardava, e eles conversavam sobre o dia, as urgências, as necessidades. Sem ela, ele lavava, ninguém secava. A louça no escorredor ficava molhada de novo depois que ele apoiava os braços no mármore gelado da pia e chorava, chorava. Quando as lágrimas entre as louças ficaram mais espaçadas, pensei que era hora de dar rumo à minha vida.

"Pai, vou me mudar pra São Paulo."

"Isso, minha filha, faça isso. Você precisa seguir adiante."

Não sei se ficou feliz com o casamento sem ser, mas me apoiou na mudança de casa, de cidade, de vida. Eu ligava duas, três vezes por semana para ele, para me abastecer de notícias de casa. Eu passei a conviver com as notícias ainda mais filtradas: Petrópolis ficou cor-de-rosa. A mudança, todavia, facilitou a vontade que eu cultivava de me afastar da Roberta. Estávamos estremecidas desde as últimas semanas de vida da mamãe, quando ela aparecia na casa dos meus pais pouco antes das aulas da faculdade de Turismo.

"Renata, me dá a chave do carro da minha mãe que eu tô atrasada."

"Oi, Roberta, eu tô bem, e você?", eu ironizava. "Vai lá no quarto ver a mamãe, pelo menos. Aí você aproveita e pede pra ela."

Essa situação se repetiu duas vezes, as únicas duas visitas da Roberta em quase um mês. Na terceira, a conversa foi mais sucinta.

"Me dá a chave do carro?"

"Eu não. Vai lá ver a mamãe primeiro."

"Anda, Renata, me dá logo. Esse carro vai ser meu mesmo depois que ela morrer."

O pior, eu só confessava para a terapeuta, é que foi por um triz que meu pai não deu o carro para ela, quando mamãe morreu.

"Pai, eu não acredito!"

"Ela é doente, minha filha, entenda isso."

"Sim, pai, eu entendo que ela é doente. Mas você *precisa* ver que ela usa a doença para conseguir o que quer de vocês, de você", eu corrigi. "E funciona porque você sempre atende as vontades dela. Não é possível. Quantos carros ela bateu até hoje mesmo? Cinco?"

Meu pai bufava, sem saber como agir. Tive vontade de lhe dizer que, antes de morrer, mamãe já não cedia mais aos caprichos da Roberta, mas contive a minha crueldade. Ficava indignada pela facilidade que ela tinha de manipular os dois. Agora, ele sozinho, logo ele que se dobrava com mais facilidade.

Um dia, ao telefone, comentei com meu pai que queria trazer o Mateus para São Paulo nas férias escolares.

"Só ele, pai."

Papai se empolgou com a ideia e resolveu fazer o meio-de-campo. Algumas horas depois, minha irmã me ligou enfurecida.

"Aqui, você tá achando que isso aqui é a casa-da-mãe-joana? Tá querendo roubar o meu filho? Se quiser levar ele pra sua casa, tem que me pedir antes, sacou?"
"Saquei, Roberta. Eu ia te ligar."
"Ah, tá bom..."

Quando o Mateus chegou ao aeroporto, trazido pelo meu pai, foi uma farra. Em casa, meio sem jeito, ele me entregou um bilhete escrito pela mãe:

Comprar:
- *2 calças jeans tamanho 10*
- *4 camisetas*
- *4 cuecas*
- *meias (pra escola)*

Por alguns anos, continuamos assim: ele vinha, mas havia sempre uma troca, um preço a se pagar.

24.

Hoje, reflito sobre as perguntas que ainda ressoam, que ressoaram desde que eu soube, e que talvez ressoassem antes mesmo da descoberta. Minha terapeuta diz que meu inconsciente sabia da adoção e, como na história de João e Maria, ele foi me oferecendo migalhas para eu ir, aos poucos, me lembrando do caminho. Mamãe queria tanto que minha irmã e eu tivéssemos nos desenvolvido no útero dela que passou a acreditar nisso depois que nós nos materializamos na família. Com esta mesma força do pensamento, eu queria ter conhecido a minha origem. Por que ninguém da família se rebelou contra a decisão deles de esconder a adoção? Roberta sabia da minha adoção? Porque da dela, ao que parece, ela nunca desconfiou. Confesso que eu desconfio muito do que é dito pelas pessoas da minha família. Se telefono ao meu pai, pergunto como estão as coisas e ele me diz que está tudo bem, tudo nos conformes, como ele gosta de falar, sempre desconfio.

Fui a Petrópolis há algumas semanas para as festas de fim de ano e aproveitei para convidar tia Cida, melhor amiga da minha mãe, para um café. Já supunha que seria um encontro nostálgico, mas não poderia imaginar o tamanho da sinceridade que estava a caminho.

"Renatinha, sua mãe não queria que vocês soubessem de nada. Pra mim, ela disse várias vezes que se um dia alguém contasse pra você ou pra sua irmã, seria a palavra dela contra a palavra da outra pessoa. E ela tinha certeza de que vocês acreditariam nela", tia Cida revelou, entre um gole e outro do *capuccino*.

"Nossa, tia, por quê?"

"Porque ela sentia vocês duas como filhas e queria que ela fosse única pra vocês. Eu cheguei a acompanhar você e sua mãe em duas ou três consultas médicas e o doutor Maurício, seu pediatra de quando você era bem pequenininha, orientou sobre a importância de eles contarem a verdade pra vocês. Que pra Roberta já era hora, ela tinha capacidade de processar as informações novas, e pra você era melhor esperar completar dois, três anos e explicar com delicadeza, com carinho e sem mentiras."

"E ela, tia? O que ela dizia sobre isso?"

"Ela batia o pé que não ia contar, que vocês iam se sentir filhas biológicas porque era assim que ela queria e, de fato, se sentia. O doutor Maurício, claro, respeitava a decisão. Mas mesmo depois da Leninha ter repetido que não ia contar, ele insistiu. Ele insistiu e foi por isso que eu acho que ela acabou procurando outro médico. Tempos depois, vocês

mudaram de pediatra, passaram a ir ao consultório do doutor Caíque, você se lembra?"
"É só dele que eu me lembro, tia. De quando eu bati a cabeça, das vezes que eu caí na escola...", respondi, forçando minha memória a buscar o tal doutor Maurício.
"Pois é, querida, minha amiga era cabecinha dura!".

Nessa ida a Petrópolis, revirei o armário do meu antigo quarto em busca de uma carta. Não sei por que comecei a pensar nisso. De uma hora para outra, passei a acreditar que mais do que a herança no papel — o apartamento em Ipanema —, minha mãe havia deixado uma herança escrita. Um recado. Poderia até ser uma mensagem nas fitas mini-VHS que gravávamos nas nossas viagens, só que mamãe não sabia manejar a câmera e eu já havia assistido a todas as gravações que eu guardava em casa repetidas vezes, sempre que a saudade apertava e doía, e batia o receio de esquecer da voz dela. Decidi que o mais provável era uma carta. Uma carta escondida ao longo desses treze anos, como uma cápsula do tempo, que completasse os meus vazios.
Talvez a ideia repentina fosse resultado de uma crise que antecedia os quarenta, talvez resquícios dos sonhos intranquilos, dos meus pesadelos com a onda gigantesca; fato é que eu pus na cabeça que mamãe tinha escrito uma carta para mim. O afogamento dela se devia ao fato de eu não procurar a tal carta? Fiquei totalmente obcecada por essa faísca: um recado derradeiro, escrito meses antes de sua morte, antes de ficar com o lado esquerdo do corpo

paralisado. Uma carta como as muitas que ela me escreveu quando morei por seis meses em Oxford e ela narrava as peripécias do meu sobrinho com dois, três anos: o Mateus aprendeu a chutar bola; chega da escola falante, contando todas as novidades; ele está melhor que a gente, filha, porque com três anos ele já sabe assobiar.

A diferença na pseudo carta escrita treze anos atrás estaria no teor dos escritos: eu torcia para que ela contivesse os detalhes que mamãe sabia sobre a adoção; o dia que eu cheguei, de onde eu vim, porque os Biológicos me deram para adoção, quem eram eles e, o principal, em que dia eu nasci. Não era tão ingênuo pensar que tudo o que mamãe fazia questão de esconder antes estaria guardado na carta--cápsula, afinal, por que evitar as revelações se ela já não estava mais entre nós?

Retirei gaveta por gaveta, olhei na parte de baixo, quem sabe estaria colado ao fundo? Olhei cada cantinho, o fundo do armário, as laterais, os maleiros no alto, abri cada uma das malas, os zíperes por dentro. Nada. Tentei imaginar onde eu guardaria a carta. Tentei ser ela por um instante, como não consegui fazer quando estávamos em Nova York. Repeti a operação no armário do quarto deles, e tudo o que encontrei foi uma caixa com santinhos, orações, novenas, crucifixos, medalhas presas em minúsculos alfinetes que, por algum motivo, escaparam à minha arrumação anos antes, logo depois do enterro. Será que essa caixa estava guardada em outro lugar? Dentro, havia orações escritas à mão; li tudo com atenção na tentativa de não deixar passar nada. Não sabia se existia a tal carta e, se existisse, como seria, que papel ela teria escolhido, o tamanho do envelope, a cor, um envelope aproveitado ou novo? Li cada um dos cartõezinhos guardados junto das mensagens de fé. A quantidade de cartões de Natal escritos pela Irmã Coleta, uma freira que eu conhecia desde pequena e que cuidava da Escola Doméstica Nossa Senhora do Amparo, me chamou a atenção. Todo fim de ano, meus pais faziam doações para a escola do instituto, que atendia meninas pobres em sistema de internato e de externato. Havia mais de vinte cartões de Natal em agradecimento. Não estranhei o fato de os envelopes e os cartões estarem ali, afinal, eram lembranças de uma freira em uma caixa cheia de objetos religiosos. Ainda assim, guardei certa desconfiança. Será que a Irmã Aura, aquela que ligou para minha mãe para avisar que tinha uma bebezinha na Santa Casa de Ponta Grossa à espera da adoção, conhecia a Irmã Coleta? Eram elas amigas? Confidentes?

 O que sei é que nunca encontrei a carta.

Casa 8

Foi tudo numa tacada só, como num *strike*: a volta das férias em Nova York com mamãe, a retomada do trabalho, o fim do namoro com Fred, a demissão repentina e sem qualquer esclarecimento. Um dia eu estava no alto das Torres Gêmeas, uma semana depois, sem namorado e sem emprego. Uma conjunção turbulenta dos astros me levou, pela primeira vez, a ter vontade de fazer um mapa astral, mas como? Em que posição estavam os astros e os signos do zodíaco em relação à Terra no momento do meu nascimento? A que horas eu nasci? Quem há de saber? Eu ficaria satisfeita de me certificar da data correta, o horário exato nem me importava tanto. Uma coisa era certa: essa reunião de fatores clamava por uma mudança. Liguei para um ex-chefe com quem eu havia trabalhado no Rio e que estava agora no comando de uma redação em Brasília. "Fala, chefia. Tô saindo de São José dos Campos. Tem vaga pra mim aí?" "Olha só quem apareceu... O que você fez nesses últimos tempos, Renata?" "Em TV do interior a gente faz de tudo um pouco, você sabe como é. Fiz produção de reportagem e edição, mas, por fim, estava fechando o jornal local da TV aqui." "Hum, boa. Agora não tenho nada, mas em setembro vou ter uma vaga." "Posso me candidatar?" "Nem precisa, a vaga é sua. Você tem condição de estar aqui no comecinho de setembro?" "Claro!" Na semana seguinte, fui até Brasília procurar um imóvel que coubesse no meu orçamento. Tia Lenita me acompanhou porque, depois da viagem para Nova York, mamãe também recebeu más notícias: teria que fazer novas sessões de quimioterapia. Minha tia e eu visitamos meia dúzia de lugares, cada um com seus prós e contras. Acabei escolhendo um apartamento de dois quartos, um pouco maior do que eu deveria, justamente pensando em receber meus pais e os amigos que aparecessem. Contratei a mudança em São José dos Campos e meu pai foi para lá de avião, para depois seguir de carro comigo. Viajamos catorze horas, eu dirigindo, ele me dizendo para ir ora mais rápido, ora mais devagar, debochando de quando eu ultrapassava um caminhão no longo trecho de pista dupla e fazia o sinal-da-cruz, em agradecimento. "Pai, lembra daquela vez que eu envenenei o Bolinha sem querer?" "Ô, se me lembro... A tua irmã quase repetiu de ano por causa da morte do gato." "Nossa, não sabia!" "É, ela passou um tempo sem querer ir pra escola, ficou amuada mesmo. Depois, tua mãe acabou cedendo e arrumando outro gatinho pra ela." "E eu quase matei o segundo!" "A tua mãe te pegou no flagra, não foi? Foi até engraçado... A Roberta quase descobriu tudo uma vez na casa da tua avó." "Ah, pai, mas vocês sempre foram craques em guardar segredo." Bastava tocar no tabu-mor da família para a conversa mudar o rumo. "Rê, vê aí no painel se não precisamos parar pra abastecer o carro." Era assim que funcionava a engrenagem familiar. Em Brasília, fizemos um tour pelo Plano Piloto e tiramos umas fotos de lambe-lambe em frente ao prédio do Supremo Tribunal Federal. Só depois apresentei o apartamento novo ao meu pai, tiramos as poucas coisas do porta-malas e ficamos lá, juntos, esperando a mudança. "Desde que você tinha dez, onze anos, eu sabia que você não ficaria em Petrópolis para sempre, Rê", papai comentou, tirando o plástico-bolha de um mural de fotografias que mandei fazer quando ainda morava no Rio. "Ué, pai, por quê?" "Você sempre foi independente demais, bem resolvida, não ficaria lá por muito tempo. Só não imaginava que você viesse pra tão longe." "Aqui nem é tão longe. De avião, vocês chegam rapidinho. E logo, logo, eu vou colocar uma cama de casal no segundo quarto. Aí não adianta vocês usarem a Roberta como desculpa pra não virem me ver, hein?", aproveitei a deixa para registrar a reclamação de quando eu estava em São José dos Campos e eles quase nunca me visitavam porque estavam sempre preocupados com o que minha irmã poderia aprontar; ficavam de prontidão eterna para *se* acontecesse alguma coisa. Chegamos numa sexta-feira, papai foi embora de avião no domingo seguinte. Eu ainda tinha uns dias de folga antes de começar o trabalho e, por um acaso que nunca é acaso, resolvi fazer uma visita à redação antes de pegar no batente. Foi nesta visita que descobri que o tal emprego era, na verdade, uma vaga temporária de dois meses e meio. E eu tinha um contrato que previa uma multa de três meses de aluguel caso quisesse devolver o apartamento antes do prazo de um ano. Da redação, fui direto para a imobiliária.

Expliquei a situação para a corretora que gentilmente convidou a proprietária do imóvel para uma reunião comigo na mesma tarde. Contei tudo de novo, agora para a interlocutora que mais importava, e nós três juntas choramos a minha conjuntura momentânea. "Eu gostaria de desistir", desabafei. "Você é jovem, Renata, e o mais certo seria eu te dizer que você certamente arranjaria outro emprego, mesmo que fosse em outra redação, em outra área... Eu nem sei explicar como, nem porque, mas algo me diz que você não deve mesmo ficar", a dona do apartamento parecia sincera ao extremo. "Então, a senhora aceita que eu cancele o contrato... sem a multa?" Ela não só aceitou como só me cobrou metade do primeiro mês, referente aos quinze dias que eu, de fato, morei na Capital Federal. Mais justo, impossível. Reempacotei o que já havia desempacotado, contratei nova mudança e fui embora com a sensação amarga de ter feito uma escolha errada. Até hoje, quando vou à Brasília a passeio, tento descobrir onde, afinal, ficava o predinho em que morei por duas semanas, a minha casa mais curta. Não me lembro. Guardei apenas que o bloco era J ou K, de alguma quadra da Asa Norte.

25.

Na passagem da infância para a adolescência, quando eu ainda morava em Petrópolis, alguns dos nossos sábados eram dedicados ao que eu chamava de caça ao tesouro da família. Só mamãe e eu. Roberta não gostava dessa nossa farra, dizia que era um ritual ridículo. Eu me divertia. Com a caixa de marchetaria na mão, mamãe me convidava: "Vamos?" E eu ia. Era engraçado porque toda vez ela me contava a história por trás da caixa: o avô dela tinha fabricado à mão, cortado pedacinho por pedacinho dos diferentes tons de madeira, lixado, montado o desenho da tampa como um quebra-cabeças geométrico, depois passado verniz para dar acabamento à caixa que guardava as joias e bijuterias mais caras a ela — e nós duas esparramávamos tudo sobre a colcha que cobria a cama dos meus pais. Olhávamos juntas item por item, cada um guardava uma lembrança ou um esquecimento, como um broche de libélula que mamãe não sabia como tinha ido parar na caixa. Tinha a antiga aliança de casamento, substituída por outra de ouro branco quando eles fizeram Bodas de Prata. Um relógio fino com detalhes dourados que meu pai deu a ela de presente de noivado.

Novinho, desconfio que ela nunca tenha usado, mamãe não gostava de dourado. Umas pulseiras de ouro que tinham sido da minha avó Carmem, presentes do meu avô.

Num desses sábados, mexendo na caixa do relógio Champion, que tinha pulseiras coloridas para trocar e que não era exatamente uma joia, e ainda assim era guardado na caixa, encontrei um bilhete antigo do meu avô Miguel: para Renatinha, aos 15, o "R" e o "5" com volteios na letra que eu mal cheguei a conhecer.

"O que é isso, mãe? O vovô deixou para mim esse relógio todo moderno?", estranhei porque o relógio era de fabricação recente e meu avô tinha morrido nove anos antes.

"Ah, o cartão tá aí? Procurei tanto por ele... Me dá aqui, isso é segredo. Você só vai descobrir na semana que vem."

Uma semana depois daquele episódio, durante a comemoração do meu décimo quinto aniversário, um jantar em casa para alguns amigos em que servimos estrogonofe de filé mignon com arroz branco e batata palha, meu pai apareceu na sala com uma caixinha miúda embrulhada para presente. O bolo já estava posto à mesa. Ele pediu a atenção de todos os que estavam na nossa casa.

"Essa moça que tanto me orgulha hoje comemora os primeiros 15 anos da vida dela. Reúne amigos queridos à sua volta porque sempre foi uma criatura amiga e carinhosa. Quem gostaria de estar aqui com a gente hoje, eu não tenho dúvidas, mas infelizmente nos deixou muito antes, foi meu pai, que amava essa menina com o maior amor do mundo. Nove anos atrás, Renata, seu avô Miguel foi a uma joalheria e comprou esse presente que eu guardei com muito carinho e que agora, com emoção, eu entrego a você, minha filha."

Ao lado do meu pai, ouvi aquelas palavras sem piscar. Ao fim da fala dele, eu chorava e soluçava. O embrulho de papel desbotado estava fechado por pedaços de durex amarelados, depois de tantos anos guardados no armário, do mesmíssimo modo com que o vovô entregou ao meu pai, semanas antes de morrer — ou *viajar*, como foi dito para mim à época. Eu abri e era um anel delicado que coube certinho no meu dedo anelar. No retrato dos parabéns, eu apareço com os olhos vermelhos de tanto chorar e com um sorriso cheio de dentes. Quando penso em dias felizes, a festa de comemoração dos meus 15 anos está entre os primeiros da lista.

Dos poucos anos de convívio com meu avô, cultivo a imagem de uma pessoa amorosa, dedicada à família. Ele tinha uma mercearia de secos-e-molhados e adorava quando mamãe nos levava para visitá-lo no trabalho. Deixava que a gente pegasse a concha de grãos e mexesse nos sacos de feijão, de milho, fazendo um barulhinho bom dos grãos caindo. Quando entrava cliente, minha mãe dizia que ele reclamava:

"Que vaca! Não tá vendo que eu estou aqui com a minha netinha?"

"Seu Miguel, é uma cliente..."

"Ela não podia vir mais tarde, norinha?", e ia lá, de má vontade, atender a senhora.

Guardo na memória as vezes em que íamos jantar na casa dos meus avós e ele me esperava chegar com um prato de macarrão na manteiga. Primeiro eram as argolinhas. Eu dava três ou quatro garfadas apenas, vovô saia carregando o prato ainda cheio e voltava com outra tigela na mão dizendo: "Agora é a vez das estrelinhas". E, novamente, eu dava mais algumas poucas garfadas, e ele repetia o processo e voltava com as letrinhas. Já mais velha, depois da morte dele, me recordo de parentes comentando como vovô era um italiano preconceituoso, faceta que não cheguei a conhecer. Quando descobri a adoção, me perguntei diversas vezes se meu avô sabia que eu não era filha biológica. Ele não teria ficado contrariado por não sermos parentes de sangue? A adoção foi um desgosto para o meu avô? Não tinha como esconderem a verdade de um homem na idade dele. Ou será que deram um jeito de enganá-lo? Nunca tive coragem de perguntar.

26.

Mãe,
Tanto quanto de você, eu sinto falta da sua voz. Porque era sua voz quem mais estava comigo quando eu escolhi ir para longe. Eu te ouvia. Só pelo telefone você já adivinhava como eu estava. Se estava triste, preocupada ou angustiada. Então você me ligava um exagero de vezes até descobrir o que tinha me deixado daquele jeito, só que às vezes eu escondia os motivos, porque eu também queria ter meus segredos.
Eu segui, mudei de cidade, ainda mais longe, você reclamaria. Me casei. Te levei para o casamento, mãe, você vestida de noiva num retrato do seu casamento com meu pai, uma fotografia linda que coloquei num móvel em destaque logo na entrada. Fui fotografada junto com você. Naquele meu instante, eu pensava que você, no seu retrato de 1960, nem imaginava que quinze anos depois seria tão mãe para mim. Eu tive uma filha, a Manu. Você teria sido tão avó para ela. Mas o tempo não lhe deu esse tempo.
Sinto sua falta, tanto que nem sei. Hoje sei que boa parte das perguntas que guardo em mim não serão mais respondi-

das, e aceito essa falta com leveza. Eram as suas portas, as suas chaves, mãe, e elas se foram com você. Não saberei a hora, nem a data, nem onde eu nasci. Quando penso nisso, me sinto esgarçada por dentro, eu confesso. Mas desde que você se foi decidi comemorar meu aniversário em dois dias, 6 e 16 de janeiro — a data da certidão e a data que vocês me disseram que foi quando eu nasci. Às vezes, festejo durante todos esses dez dias que as separam. São os dias mais felizes e mais tristes do ano para mim. Faço festa para não refletir sobre o exato instante em que eu saí do útero de alguém que nunca conheci, para não pensar nos tantos porquês que me enrodilham e não me dar conta do tanto de vazio que me faz ser quem eu sou. Eu me desnovelo nesses dias.

Mãe, deixo aqui para você esta carta, as flores do campo que trouxe para te homenagear e a placa. Finalmente, mandei fazer a plaquinha com as suas datas conhecidas:

* 31 de janeiro de 1938
+ 10 de dezembro de 2001

Lembro de quando eu vim visitar a vovó e o vovô com você aqui no cemitério, e eu fiquei chocada quando li no túmulo de uma desconhecida que a data do nascimento era a mesma da morte, a diferença eram os anos. Rapidamente, você me contou que quem morre no mesmo dia em que nasceu é anjo. Não sei de onde você tirou isso; se era mais uma das infindáveis mentiras para amansar a verdade, ou se era apenas uma anedota bonita que você quis deixar gravada na minha lembrança.

Obrigada por ter sido tanto, mamãe. Você foi e será sempre a minha mãe. A única que eu pude amar nessa vida. Assim como eu intuía ser sua filha preferida, uma pretensão minha, torço para que você tenha morrido sabendo que você não é a minha preferida, é a minha única mãe.
Da tua filha,
Renata

Estupro?

Casa 9

Os móveis vindos da minha breve casa em Brasília foram levados para o apartamento do Rio; eu segui direto para Petrópolis. O sentimento de derrota era inevitável. Um retorno à casa dos pais já traria um bocado dessa sensação amarga. Um retorno motivado por uma sucessão de falhas era ainda mais doído. Em pensamento, eu buscava os culpados: repassava fala-a-fala a ligação com o meu ex-futuro-ex-chefe. Eu tinha entendido errado? Não tinha me precipitado? Tentava encontrar o momento exato do passo em falso. Não fazia nem um mês que eu estava de volta, morando com eles e provisoriamente trabalhando no escritório do meu pai, quando a doença da minha mãe se agravou de maneira irreversível. Eu tinha acordado cedo para ir à academia, estava trocando de roupa no banheiro, quando ouvi papai bater na porta, assustado. "Renata, Renata, vem aqui me ajudar com a sua mãe." Abri a porta correndo, e encontrei mamãe caída sobre o tapete do quarto deles. "Eu não consegui levantar ela...", meu pai se justificou, desesperado. Segurei de um lado, ele do outro, levantamos mamãe desmaiada e a colocamos na cama. Ela abriu os olhos, alheia ao que estava acontecendo, tentando dizer coisas, mas tudo vinha desconexo. Então percebi que ela estava molhada; era o que tentava me avisar. Enquanto isso, meu pai ligava para um amigo, médico e diretor do melhor hospital da cidade. Quando ele atendeu, tive que pegar o telefone e falar porque papai também não conseguia concatenar bem as ideias. "Oi, tio, é a Renata. A mamãe desmaiou aqui em casa, caiu no chão." "Ela está consciente agora? Eu estou indo para o hospital. Você consegue levá-la ou quer que eu mande uma ambulância?" "Ela despertou, mas não parece acordada. Vamos levá-la, tio." Desliguei e repassei a conversa ao meu pai. Quando fizemos menção de levantar a minha mãe da cama, ela disse, silabicamente: ba-nho. Estava antenada ao que acontecia ao redor e não queria sair de casa daquele jeito, suja, de camisola. Dei um banho com chuveirinho, apenas para satisfazer a vontade dela, peguei uma blusa e uma calça. Ao levantar seu braço esquerdo para vestir a roupa, passei a manga pela mão e soltei o braço, que despencou no banco em que ela estava sentada. Derrame?, pensei. Será que o ultimato de um mês estava batendo à porta, com um atraso de meses? Já fazia quase um ano da não-cirurgia, o câncer inoperável no ovário estava sendo tratado, afinal. No hospital, passado um tempo, o diagnóstico: glioblastoma multiforme, um câncer no cérebro que comprometia parte das funções motoras e que, era inexplicável, não era uma metástase do câncer de ovário. Dois cânceres. Dois cânceres consumindo a mesma pessoa. E essa pessoa era a minha mãe. Tudo isso, vinte dias depois de eu voltar a morar na casa deles.

27.

Trabalhando em São Paulo, com filha pequena, eu já não conseguia mais ir com tanta frequência a Petrópolis para visitar meu pai. Sempre que ia, levava Manu para ver a tia Lenita, a quem ela chamava de vovó.

"Tia, quero levar a Manu ao Museu Imperial. Quer ir com a gente?"

"Quero, claro. Deixa só eu pegar um casaquinho."

Durante o passeio, enquanto Manu se divertia com as pantufas usadas para preservar o piso original de madeira nobre e de mármore de Carrara, minha tia e eu conversávamos sobre amenidades diversas, a escola da Manu, a vida em São Paulo, meu trabalho. Manu patinava, divertia-se com os móveis antigos, queria saber mais sobre objetos que não faziam parte do dia a dia dela, como os urinóis que estavam presentes em quase todos os aposentos. E parava para as fotos que tia Lenita se alegrava em tirar. Gostou especialmente de uma cama tipo marquesa, com espaldar todo trabalhado em palhinha.

"Parece a cadeira de balanço da vovó Eney, mamãe!"

Tia Lenita gostou da lembrança, perguntou como estava minha sogra e leu para Manuela a descrição do móvel. O que chamou a atenção foi a parte final: "pertenceu ao Marquês de Paraná".

"Guaraná?", ela riu, fazendo farra.

"Não, Manu, Paraná. Paraná é um estado do Brasil, que fica lá embaixo, no sul, mas nem sei se o título tem a ver com o estado..."

"Eu sei, mami, eu já conheço o mapa do Brasil", criança dessa idade adora quando encontra plateia para se exibir.

"Tia, e aquela viagem que vocês fizeram para Ponta Grossa, no Paraná, como foi?", eu aproveitei o assunto para pesquisar um pouco as minhas origens paranaenses.

"Que viagem, Renata? Sabe que eu acho que nunca fui pro Paraná? Nem Curitiba eu conheço... Acho que o mais ao sul que eu já estive foi na sua casa em São Paulo."

"Ué, tia... Vocês não foram para Ponta Grossa em 1975, quando eu nasci?", indaguei, sem entender se era esquecimento da minha velha tia ou plena lucidez.

Ela suspirou, chateada, e perguntou se meus pais tinham me contado sobre essa viagem que, agora eu notava, devia ser fictícia.

"Não, minha filha. Nunca estive em Ponta Grossa."

"Minha mãe me disse que você e meu tio tinham ido com eles, primeiro de avião até Curitiba, depois de carro alugado até Ponta Grossa. Foram com o moisés vazio e voltaram comigo..."

"Essa Leninha... Não quero falar sobre essa época, mesmo porque já não lembro mais de muitos detalhes. Mas a primeira vez que eu te vi foi na casa do Valparaíso, você deitadinha e de banho tomado, em cima da cama deles. Devo ter foto desse dia. E eu fiquei muito feliz de ter ido morar lá depois que vocês se mudaram. Aquela casa me trouxe tanta felicidade."

"Aquela casa era boa demais. Tia, será que minha mãe inventou tudo isso? Mais uma mentira?"

"Ah, Renata, nós não temos como saber. Eu não fui, mas ela pode ter ido com seu pai até o Paraná. Se seu pai não quer falar nada, e sua mãe infelizmente não está mais aqui com a gente, fica difícil descobrir alguma coisa."

"E pra que ela ia dizer que você e meu tio tinham ido junto?"

"Talvez para dar mais veracidade, pra deixar testemunhas?"

"Do que não houve? Aí era melhor ter combinado com a senhora, né?"

"Sabe que talvez ela tenha mesmo comentado alguma coisa? Agora você contando essa história, me veio uma sensação de *déjà vu*..."

Tive a sensação de que vou sempre descobrir versões ou novas possibilidades para as histórias que eu conheço. Resolvi contar para a minha tia a busca pela carta inexistente.

"Procurei tanto a carta, mas não encontrei nada. Revirei a casa do meu pai, cheguei até a procurar no apartamento de Ipanema."

"Ela não teve tempo de escrever, Renata. Durante o tratamento, a Leninha de fato pensou que iria se curar, a gente conversava sobre isso. Ela tinha muita fé. Nós tínhamos.

Quando ela piorou de vez, perdeu os movimentos, ficou impossível escrever, mesmo se ela quisesse."

"O que eu encontrei foram vários cartões escritos pela Irmã Coleta, tia. Ela está viva?"

"Ela esteve muito doente, mas pelo que eu soube, estava se recuperando bem. Tá bem velhinha, né?"

"Eu lembro vagamente dela, da época em que minha mãe me matriculou num curso de datilografia no Amparo. Ela dava umas aulas..."

"Ela sempre gostou demais dos seus pais, e eles a ajudavam muito, não só financeiramente, como também divulgando os eventos da paróquia. Eu e sua mãe fazíamos muitos casaquinhos de tricô para a obra do berço. Por que você não deixa a Manuela comigo e vai lá visitar a Irmã Coleta, Renata? Eu levo a Manu pra tomar um sorvete."

28.

Uma vez me disseram que o horizonte é a incapacidade que o olho humano tem de enxergar a curvatura da Terra e eu achei linda a definição. É difícil apreciar o pôr do sol sem ver a linha contínua do horizonte. Em Petrópolis, a gente se acostuma a ver o ocaso por trás das montanhas. Naquele entardecer, os matizes de vermelho e laranja tomavam o céu por completo, tingiam as nuvens de cores impossíveis de reproduzir.

Um raio de sol cortou meu caminho enquanto eu subia as escadas de pedra da Escola Doméstica Nossa Senhora do Amparo. Toquei a campainha, uma moça atendeu. Expliquei que queria visitar a Irmã Coleta em nome dos meus pais, se fosse possível. Ela anotou os nomes, o meu e os deles, num bloquinho e pediu licença para verificar se a freira estava acordada. Uns minutos depois, apareceu outra jovem, um pouco mais velha que a primeira, de hábito, e pediu para que eu a acompanhasse com um tom de voz tão baixo que quase não compreendi. Entendi, no entanto, que era o tom que eu deveria usar.

O aposento onde Irmã Coleta descansava era um quarto com uma saleta com sofás e duas mesinhas de apoio, pinturas penduradas na parede e um janelão aberto que dava para a rua. Dali, escutávamos os carros passando na avenida em frente ao prédio.

"Como vai a senhora, Irmã Coleta? Depois de tantos anos, a senhora se lembra de mim?"

"Vou indo, minha filha, com a graça de Deus. É claro que eu me lembro de você, a filha caçula da querida Leninha e do seu Geraldo. Você fez aulas de bordado e de datilografia aqui conosco, faz muitos anos. Agora é minha vez de perguntar: você se lembra disso?"

"Sim, Irmã, eu me lembro. Bordei muitos paninhos de prato com ponto correntinha, mas hoje em dia mal sei como começar. Das aulas de datilografia, guardei mais coisas. Digito bem rápido até", fiquei feliz com o fato de a freira aparentemente estar com a memória bem treinada.

"Que coisa boa, Renata! Bom saber que o que a gente aprendeu pequena nos serve até hoje, não é mesmo? Hoje há muitas meninas nossas aqui que estudam informática..."

"Irmã Coleta, eu gostaria de perguntar pra senhora", eu cortei a fala dela sem querer, só pela ansiedade de chegar logo ao que me levava até ali, "se a senhora conhece uma pessoa chamada Aura, Irmã Aura."

"Irmã Aura? Não, não me recordo desse nome. Quem seria ela?"

"Uma freira que trabalhava no interior do Paraná. A senhora sabe como foi que eu cheguei até os meus pais? De onde eu vim, quem me entregou a eles?"

"Então você já sabe sobre a sua adoção?"

"Sei, sim, senhora. Mamãe me contou três anos antes de morrer, Irmã."

"Eu não sabia que vocês sabiam. Sua irmã sabe também, eu imagino..."

"Sim, sabe sim."

"A Leninha e o seu Geraldo são pessoas muito boas, corretas, sempre dispostas a ajudar quem quer que seja. Não puderam gerar filhos, como você já sabe. Da história da sua irmã, eu não tenho detalhes, a Leninha nunca quis falar, e eu sempre respeitei. Mas da sua chegada, eu participei."

"É mesmo, Irmã Coleta?", senti um calafrio percorrer meu corpo de cima a baixo. "Como foi?"

"Quando eu soube da sua existência, Renata, eu não sabia se a Leninha queria mais filhos, porque ela e o seu Geraldo tinham a outra menina, como é mesmo o nome da sua irmã?"

"Roberta."

"Isso, a Roberta. Então, eu liguei para a sua mãe e falei que tinha uma menininha a caminho. Eu ainda não tinha te visto porque a moça que te trouxe havia me avisado que era uma menina, que tinha nascido saudável, apesar de ter vindo de uma situação, digamos, triste."

A moça que me trouxe. Uma situação triste. As palavras ditas pela freira me traziam a concretude que eu buscava há anos e com a qual, ao mesmo tempo, eu não sabia lidar. Como encarar a verdade depois de conviver durante anos com graus diversos de mentira?

"Situação triste? Como assim?"

"É, minha filha. A moça que te trouxe conheceu a sua mãe. Pelo que eu me lembro, ela fez o parto, ou estava presente no momento em que você nasceu."

O meu parto, a hora em que eu nasci, o dia. Houve um dia exato! Eu estava em êxtase, sem saber direito o que falar, o que perguntar. Minha sorte é que Irmã Coleta continuou falando.

"Fui eu que te recebi aqui mesmo, no Amparo. Você chegou enrolada em um cobertor, tinha poucos dias de vida. Vestia apenas uma camiseta de adulto, toda embolada, você tão pequenina dentro dela. Essa senhora que te trouxe tinha duas filhas que estudavam no nosso externato, entravam de manhã cedo e saíam no fim da tarde. O externato era para as mães poderem trabalhar, né? E naquele dia quente, eu acho que foi no meio de janeiro, do ano já não me lembro, essa moça ligou para avisar que um bebezinho tinha nascido na casa onde ela trabalhava e que lá não podia ficar de jeito nenhum."

A freira dizia as palavras de maneira pausada, baixinho, com a voz suave que parecia a que sempre tivera. Falava como quem narra contos de fada para fazer criança dormir.

"E onde era esse lugar?", eu me afligia com a minha própria história.

"Renata, você nasceu aonde se ia pra morrer", sentenciou.

Ali estava eu, sentada diante de uma senhorinha tão frágil e tão forte, uma mulher que tinha passado a vida fazendo coisas boas, se dedicando a ajudar os outros, e agora ajudava a mim. De novo. Minha mãe, de fato, recebeu o telefonema para avisar que existia uma menininha à espera de seus pais. Mas não era Irmã Aura, era a própria Irmã Coleta. E eu jamais vou descobrir por que minha mãe preferiu fantasiar a história, dizer que tinha sido outra freira, uma mais distante, existente somente na imaginação fértil dela.

"Onde ficava esse lugar? Era aqui em Petrópolis mesmo?"

"Pelo que me recordo, lá pelos lados do bairro do Caxambu..."

"E essa senhora que me trouxe? Ela está viva? A senhora tem notícias dela?"

"Ela chegou a trabalhar aqui no Amparo como cozinheira, uns anos depois. Mas ela cuidava das meninas dela sozinha e tenho a impressão de que ela voltou pra Bahia, pra junto da família dela."

"A senhora sabe o nome dela?"

"Nós a chamávamos de Ceiça. Era ou Conceição, ou Maria da Conceição, alguma coisa assim."

"Foi a senhora que me entregou para eles, Irmã Coleta?"

"Sim, minha filha, fui eu com a graça de Deus."

"Nossa... esses anos todos, e a senhora bem aqui... posso lhe dar um abraço?"

"Mas é claro, venha aqui!"

Se eu não tinha chorado até então, ali, dentro daquele abraço, eu chorei. Era um abraço que, de alguma forma, parecia o da minha mãe. Agradeci a boa vontade e a disposição da Irmã Coleta, desejei boa saúde e plena recuperação. Fui embora quando já era o começo da noite em Petrópolis, caminhando para pensar em tudo o que eu tinha acabado de ouvir. Eu estava leve.

Casa 10

Sempre que eu me mudo de casa, reduzo a quantidade de caixas. Antes de ir para a casa nova, aproveito para fazer uma limpeza boa: o que eu ainda uso vai para as caixas de papelão, o que quero doar vai para as sacolas e toda a papelada que não quero ou não preciso mais guardar, destino aos sacos de lixo — essa, sim, a parte mais chata do trabalho porque minha veia obsessiva não me permite simplesmente jogar fora, preciso rasgar os papéis, picar picadinho para evitar nem eu sei o quê. Na mudança para São Paulo, Fred já estava instalado há uns meses no apartamento que ele escolheu. Esperei meu pai se recuperar do impacto que a morte da minha mãe causou em todos nós, mas sobretudo nele, e decidi só sair de Petrópolis uns meses depois. Ao chegar, fiz uma ligeira arrumação para acomodar as minhas coisas. Fui me acostumando à cidade, sentia falta do Rio de Janeiro, das praias, do despojamento, da tranquilidade e da leveza. Tinha saudades de Petrópolis também, da família, da segurança. Mas estava aqui, no burburinho da Paulicéia, uma filha adotiva sendo adotada por uma cidade que contém muitas outras. Minha casa é onde eu estou. Mais que um lema, um chamamento. A casa nova era o lugar das novidades, dentro da cidade me acolhia. Me deixei levar. Descobri as livrarias, os parques, os bares com os petiscos mais gostosos e que, coincidentemente, tinham chope gelado para acompanhar. Me senti quase paulistana quando depois de provar várias, escolhi a minha pizza favorita. A melhor pizza de São Paulo segundo eu mesma. Estava em casa: uma paulistana meio carioca, bem petropolitana que não queria saber da polêmica bolacha-biscoito (embora seja óbvio que quase tudo nessa vida é biscoito). Estava em paz comigo, com Fred, com meu pai morando longe, com o que eu conhecia das minhas origens — e com o que eu ia continuar sem conhecer. Eu já me sentia em paz com a São Paulo de milhões de habitantes quando descobri que nós dois, Fred e eu, seríamos pais de uma paulistaninha. Rua Gaivota, a primeira e única casa da Manu até os nove anos de idade. Manu, a netinha que vovó Leninha não conheceu.

Ela passou a véspera de Natal à espera, depois de ter ficado horas deitada no carro sem espaço nem condições de se mexer, a barriga enorme, as pernas encolhidas, um joelho encostado no outro, as mãos unidas na frente do peito como se rezasse, a boca seca e tapada, o galo latejando na cabeça, a mente tonta de cansaço, provável resquício da medicação que tomara na veia antes da ser colocada ali onde estava. "Pra onde vocês vão me levar?", a Presa perguntou antes que lhe tapassem a boca, se esforçando para concatenar as palavras corretamente, apesar do ferimento.

"*Ah, tu sabe falar, é? Entra no carro, piranha.*", *ouviu do homem que a empurrou para dentro do porta-malas do Corcel.*

Viajou tempo suficiente para cair no sono — não bem um sono, mas um desligamento forçoso para obrigar a mente a adormecer. Precisava se preservar. Receava entrar em trabalho de parto a qualquer momento, um mês antes do previsto por causa da tensão dos dias anteriores. Não parava de maquinar as ideias, se sentia arrependida por não ter deixado o aparelho da Rua Cervantes junto da Amiga de Infância, uma semana antes. Nunca soube se ela chegara ou não ao seu destino. Insistiu em ficar por achar que o plano arquitetado pela organização fosse demasiado audacioso: fugir para um imóvel localizado na rua Tutóia, a duas quadras do DOI-CODI *em São Paulo. Teve medo. Mal sabia ela do risco que seria ficar.*

Acordou assustada dentro do porta-malas, o carro em movimento, embora não aparentasse mais a velocidade que ela atribuía a uma estrada. A rua parecia feita de paralelepípedos, sentia a trepidação. Ouviu, entre os solavancos, o falatório abafado dos passageiros do carro; dentre eles, reconheceu a voz do Agente que a levara do aparelho estourado. Voz grossa, intimidadora. Ainda tentava entender como a polícia tinha descoberto o esconderijo. Acreditava que o Agente tivesse seguido o entregador da padaria, que todas as tardes dava cinco batidas sequenciadas na porta para avisar sobre o lanche deixado no tapete da entrada. No dia anterior, no momento em que a Companheira virou a maçaneta e soltou a correntinha de ferro, o Agente entrou junto com os militares que estavam de campana no corredor; empurraram a Companheira, empurraram tudo, chutaram as cadeiras que estavam na frente, a mesa com o televisor. Homens fortemente armados. Só a Companheira e a Presa estavam no apartamento. As duas foram levadas, a Companheira em uma viatura, a Presa em outra. Não se viram mais. Nem se ouviram. Em uma das muitas conversas sussurradas que tiveram no aparelho da Rua Cervantes, no tempo que passaram lá, um dia combinaram que, se fossem presas e obrigadas a prestar depoimentos, diriam ou, se conseguissem, cantariam o mais alto que pudessem: "O verme passeia na lua cheia", verso de

Flores Astrais, hit *daquele ano dos Secos & Molhados*. Uma maneira de uma avisar a outra que as duas estavam bem.

 A Presa não conseguiu cantar nem falar nada. Assim que foi jogada na viatura da polícia, o Oficial prendeu suas mãos para trás e amarrou um fitilho plástico contornando entre a boca e a nuca várias vezes, um gosto horrível de plástico, o que a deixou nauseada e a fez vomitar num rompante em cima do sujeito. O homem, enojado, reagiu com um tapa na cara e a boca da Presa logo começou a sangrar, por dentro e por fora. Por causa do gosto de sangue, novamente as náuseas voltaram. Ela se segurou, sentiu o bebê chutar na barriga. O bebê se mexia em espasmos, como se soluçasse. No primeiro local para onde foi levada logo depois do estouro do aparelho, só pensava na vida que insistia em crescer dentro dela, apesar de tudo à sua volta. Assim que viu aqueles homens armados, curvou-se e pôs a mão cruzada sobre o ventre, de lado, no intuito de proteger seu filho. Sentia pavor do que os militares pudessem fazer com ela e nas consequências que isso teria para a criança — um menino, ela imaginava. Ernesto seria o nome, um bebê guerreiro. Passou a noite num galpão molhado, escuro. Mais uma vez, mesmo nua, com a boca e os braços ainda amarrados, um dos pés preso a uma argola fixada no chão, tentou se acalmar e acalmar o bebê. Sentou-se e esperou. Não cantou, não ouviu outras vozes. Apenas o som dos dois corações batendo, cada qual num ritmo.

 Ainda era de madrugada quando o Agente voltou acompanhado de um sujeito com gorrinho de Papai Noel, um escárnio. O cara chegou fumando um cigarro que estava pela metade, e apagou-o no braço da Presa, torcendo-o e apertan-

do fundo, como quem apaga um cigarro num cinzeiro. Era só o começo.

"Quem era aquela outra?"

Ela continuou muda, cabisbaixa. O Agente fez um leve movimento com a cabeça, apontando para o queixo da Presa, encolhida no canto, como se dissesse ao Papai Noel: solte a fita da boca. O sujeito afrouxou a fita. Mesmo assim, depois que o Agente repetiu a pergunta, da segunda vez no presente — "quem é aquela outra" — a Presa nada falou. O homem então pegou um balde grande cheio d'água, enfiou a cabeça da grávida dentro e segurou firme por alguns longos segundos. A Presa tentou, em vão, se desvencilhar daquela sensação terrível de afogamento. Sentiu o coração do bebê acelerar. Ou era o dela? Levantou a cabeça, respirou ofegante, olhou desesperada para o homem que novamente a empurrou para dentro do balde, desta vez por um tempo ainda maior. As bolhas. O medo de morrer afogada. O medo do bebê morrer sem ter nascido, o bebê afogado sem sequer ter conhecido a imensidão. Do mar, do mundo. Segurou a respiração o quanto pôde e, quando sentiu a pressão diminuir, tirou a cabeça do recipiente e sentiu cheiro de maresia. Não fazia ideia que estava numa casa na serra, a mais de oitocentos metros de altitude. Desmaiou.

A Presa não sabia, talvez nunca tenha se dado conta, fora levada para a Casa da Morte, que viria a ser um dos endereços mais macabros da ditadura militar. Sua condição de gestante não lhe favoreceu em nada. Aqueles homens surgiam sempre em duplas, faziam pressão psicológica, diziam que bastava um choquezinho na vagina para o natimorto sair escorregando como uma baba rumo ao chão; alguns ameaçavam estuprá-la. Lembrava do careca barbudo que soprava ao pé do ouvido: "nunca comi bucetinha de mulher grávida". Sentia asco, raiva, sobretudo medo. Torcia para que fosse libertada logo, mesmo sabendo da baixa probabilidade de escapar a tempo de parir o bebê em um ambiente decente. Ficou dias sem tomar banho, sem comer nada, bebia apenas a água turva que deixavam numa caneca de alumínio, pouca quantidade para a sede que sentia de ver o tempo passar. Imaginava um futuro para si — e para o bebê. Volta e meia pensava no que faria quando tudo aquilo passasse. Até as contrações chegarem.

Naquele dia, por sorte, por mínima sorte, o guardião da vez era um soldado que a Presa considerava mais respeitoso. Numa escala de horror, o menos ruim, mais novo e, talvez, ainda assustado com o que presenciara até então. Ouviu o barulho, entrou no porão que servia de cela, desesperou-se ao ver a quantidade de líquido no chão, a mulher gritando de dor, os sons guturais que saíam das suas cordas vocais, mesmo com a boca ainda amarrada por uma tira de tecido. O soldado correu até ela, até a porta, de volta até ela, baratinado, sem noção do que fazer. A Presa chegou a pensar que teria, ela mesma, que fazer o parto.

O Guardião apavorado saiu e retornou algumas contrações depois na companhia de Conceição, a cozinheira, que trazia alguns pedaços de pano e olhava o porão com espanto. Nunca tinha entrado ali. A Presa respirava com dificuldade, melhorou depois que o Guardião desatou o nó do tecido que prendia a boca. Arfava ao mesmo tempo em que se contorcia de dor.

"Vem, minha filha, se concentre no neném. Puxe o ar pelo nariz e jogue fora pela boca. Fique firme, que eu tô aqui pra te ajudar", Conceição tocou de leve os tornozelos da mulher e afastou suas pernas. Não havia calcinha e, ao olhar para o ventre, viu a dilatação avançada.

"A senhora já fez isso outras vezes?"

"Fiz, filha, meus três sobrinhos vieram comigo. Mais uma porção de criança das minhas vizinhas. Faz força pra fora na próxima contração."

A Presa estava deitada sobre um lençol puído — o maior pedaço de pano que Conceição encontrara no depósito — com os cotovelos apoiados no chão, fazendo força, respirando, abduzindo o pensamento como se não estivesse naquele lugar fétido, privada de suas coisas, suas pessoas queridas, suas escolhas. Urrou mais uma vez. A cozinheira passou um pano úmido na testa da mulher, para limpar o suor que escorria e pingava. Fazia tempo que a futura mãe não sentia o carinho de alguém.

"Agora faz a maior força que puder, minha filha."

Ela fez.

Eu nasci.

*Morrer acontece
com o que é breve e passa
sem deixar vestígio.
Mãe, na sua graça,
é eternidade.
Por que Deus se lembra
— mistério profundo —
de tirá-la um dia?*

Carlos Drummond de Andrade, *Para Sempre*

Agradecimentos

Caetano compôs para sua irmã mais velha, Eunice Veloso, "se algum dia eu conseguir cantar bonito, muito terá sido por causa de você, Nicinha". Eu também tenho uma Nicinha, embora esse artigo indefinido não combine com Eunices – nem os plurais combinam com elas. Se um dia eu conseguir escrever um livro, muito terá sido por você, Nicinha.

Aqui está, mãe. Este *Desnovelo* é nosso; é um agradecimento em páginas para você, que, tenho certeza, o leu à medida em que eu escrevia, e para meu pai e amigo, Duba, que, apesar da distância geográfica, está comigo sempre, presença e pensamento.

Ao meu amigo que se tornou marido, Cacau, e à minha filha e maior orgulho, Júlia, agradeço por serem prumo durante os meus desvarios, que não são poucos. E, claro, por serem meus primeiros leitores. À minha tia Elazir, minha madrinha querida, por ser uma segunda mãe para mim. Ao meu sobrinho Murilo.

Às colegas e aos colegas de oficinas de escrita, às professoras e aos professores que me acompanharam ao longo dessa jornada de dois anos de pós-graduação. À Tamy Ghannam que fez a revisão quando o livro era apenas um trabalho de conclusão de curso. Ao Marcelo Nocelli, que acreditou que aquele TCC poderia se tornar um livro.

Finalmente, às minhas amigas e aos meus amigos de toda uma vida, por me ouvirem falar em *Desnovelo, romance, estou escrevendo*, e todas as derivações dessas palavras e frases tão repetidas nos últimos tempos. A eles, agradeço o apoio quando eu mesma não sabia direito o que eu estava fazendo. E às leitoras e aos leitores, que mantém viva a literatura. Muito obrigada.

Esta obra foi composta em Corundum Text Book
e impressa em papel pólen 80 g/m² para a
Editora Reformatório, em novembro de 2022.